D1734915

Walter Müller
Kleine Schritte

Walter Müller

Kleine Schritte

ROMAN

OTTO MÜLLER VERLAG

www.omvs.at

ISBN 978-3-7013-1180-4

Satz: Media Design: Rizner.at, Salzburg
Druck und Bindung: CPI Moravia Books GmbH. Korneuburg

Am Samstag, dem 2. November 1940, wird Grete Schöner dreimal standesamtlich getraut. Zuerst mit dem Polizisten Hubert Körner, dann mit einem gewissen Gottfried Bach, schließlich mit Robert Kremsmayer.

Der Lehrling Kremsmayer ist ein Arbeitskollege von Gretes Bruder Werner, der an diesem Tag das Bett hüten muss, weil er bei einer tölpelhaft angelegten Klettertour im elterlichen Schlafzimmer knapp unter dem Plafond aus dem Seil geglitten und mit dem Rücken auf der Bettkante aufgeschlagen ist. Seit dem Besuch im Circus Medrano sei „der gute Werner" nicht mehr bei Sinnen. Sagt Robert, um sofort, bevor seine Ehefrau Grete, geborene Schöner, etwas entgegnen kann, hinzuzufügen: „Liebe macht krank!"

Die Grete ist 17, grad erst geworden, der Robert 16. Was weiß der von der Liebe?!

Dann, nachdem er mit Grete Hand in Hand den stockfinsteren „Liebestunnel" durchquert und sich nach dem obligaten Kuss formlos von ihr hat scheiden lassen, fährt er mit dem Fahrrad aus der Altstadt hinüber zum Kurpark, um mit seinen Freunden und den noch nicht eingerückten oder sich auf Heimaturlaub befindlichen Männern Bomben auf England zu werfen.

Dieser Scheißkerl Robert Kremsmayer! „Scheißkerl", seit er mit Hella Sachs, der Hella aus der Zeitungsredaktion, vom Circus Medrano heimgegangen ist. Oder fortgegangen, auf einen Eisbecher, ein Glas Limonade, ins Automatenbüfett oder ins Café Großglockner.

Er, Werner Schöner, hatte der Hella das Circusbillett geschenkt, zu ihrem 15. Geburtstag. Und dann hatte er sich, auf dem Weg zur Vorstellung, einen verdammten Nagel in den Hinterreifen seines Drahtesels gefahren und war zu spät gekommen.

So sehr er sich auch anstrengte – Hella konnte er auf den Zuschauerbänken im Cirkuszelt nirgendwo erspähen und er hätte schwören können, dass er ihren blonden Zopf in der größten Dunkelheit unter Hunderten blonden Zöpfen erkennen würde.

Die Geschwister Karnelli auf der freistehenden Leiter hatte er schon versäumt. Die Zwergelefanten und den Clown Rafael hatte er nur aus den Augenwinkeln wahrgenommen, beim Versuch, den blonden Zopf der Hella Sachs, Lehrmädchen in der Redaktion des „Volksblattes", zu entdecken. Jetzt waren die vier Ruggeros dran, auf dem hohen Freitrapez. Dann hat er sie doch entdeckt, den Zopf, die Hella. Die Hella neben dem Robert sitzend. Und der Robert, sein Arbeitskollege Robert Kremsmayer, hatte den Arm um ihre Schulter gelegt! „Um meine Hella!" Scheißkerl!

Das war im August. Jetzt ist Allerseelentag. Und zugleich das große Volksbelustigungsfest auf den Plätzen der Salzburger Altstadt. Und drüben im Kurpark: Bombenwerfen.

Jetzt hält auch der Braunwieser Flori um Gretes Hand an, kniet sogar vor ihr nieder, mitten in eine Regenpfütze. Aber der Grete reicht es für heute. Drei Ehen sind genug. „Vielleicht morgen", sagt sie. Das Juxstandesamt am Kapitelplatz, zugunsten des Winterhilfswerkes für die Wehrmachtssoldaten, hat ja auch am Sonntag geöffnet. „Morgen heirate ich eine andere", knurrt der Braunwieser Flori und streift sich das Regenwasser von der Anzughose.

„Die Hella – unser Sonnenschein!" Das hat der Herr Lutz erfunden. Hella Sachs trägt täglich die Manuskripte aus den Redaktionszimmern in die Setzerei, gibt sie beim Chef ab, beim Herrn Lutz, oder wird von ihm an eine der Maschinen geschickt, um sie dort dem Setzer auf das Pult zu legen. Werner Schöner arbeitet ja erst seit einem halben Jahr in der Druckerei, aber der Herr Lutz mag ihn, trotz der Fehler, die ihm beim Schreiben unterlaufen.
„Keen Meister ist vom Himmel jefallen", sagt der Herr Lutz immer wieder.

„pickles" hat er falsch getippt. „mixed pickls". Hella hatte ihm den kleinen Text aus der Abteilung „Lokales. Sie fragen, wir antworten" gebracht. „Für Sie,

Herr Schöner!" Das war eine Woche vor ihrem Geburtstag gewesen.

„Antwort der Redaktion: Warum sollte sich für mixed pickles, das zumeist falsch ausgesprochen wird, kein passendes deutsches Wort finden? Könnte man nicht Essiggemüse sagen?"
Unser Sonnenschein! Werner Schöner war eine ganze Nacht lang böse auf Hella. Mit dem Scheißkerl Robert wollte er sich nie wieder versöhnen.

„Was kann ich dafür? Auf mich fliegen die Mädels wie die Motten ins Licht!"
„Nie wieder!"
Werner Schöner hat lange gegrübelt, wie man bei Hella Sachs Eindruck machen könnte. Die Trapeznummer hatte ihr gefallen. Er hatte gesehen, wie heftig sie bei den Ruggeros geklatscht hatte, im Circus Medrano. Sogar der Arm dieses Widerlings Robert Kremsmayer, aberwitzig und schamlos um ihre Schulter gelegt, hatte gewackelt unter ihren Beifallskundgebungen. Kopfüber, so hoch droben! Das müsste man können!

Das Loch in der Schlafzimmerwand, das der Karabiner gerissen hat, einen Daumen breit, einen kleinen Finger tief, hat Werner Schöner eigenhändig ausgegipst. Der Franz hat ihm trotzdem mit dem Handrücken ins Gesicht geschlagen. „Für so viel Blödheit!" Den Franz hat die Mutter im Turnverein kennen gelernt. „Endlich ein Mann!", hat sie zu den Kindern gesagt, nach der ersten Bergtour mit ihm. Hoher Göll. Da war die Mutter schon von Werners und Gretes Vater, dem 1. Franz, geschieden. „Vater" werden sie nie zum 2. Franz sagen, da kann die Mutter noch so sehr bitten. Allerhöchstens „Stiefvater". Nicht einmal das.

„Den Strick kannst du behalten", hat der Franz gebrummt, nach den Ohrfeigen, „aber den Eispickel rührst du mir nie wieder an! Verstanden?!"

„Den Kremsmayer Robert? Den Scheißkerl? So einen küsst du?!", schnauzt Werner seine Schwester an, als die ihm vom Standesamt und ihren drei Ehemännern erzählt. Der Werner und die Grete schlafen, seit der 2. Franz bei der Mutter wohnt, im Kabinett. So wie früher, als Kinder. Ein ganzes Jahr lang, nachdem der Vater endgültig ausgezogen war, hatte sich Grete mit der Mutter das Schlafzimmer geteilt. Und Werner hatte seine heilige Ruhe, als Herr im Haus sozusagen, im Kabinett.

Die Schwester zeigt ihm die drei Blechringe, die sie bekommen hat, und die Heiratsurkunden und die Scheidungspapiere. Haben die „Männer" bezahlen müssen, für den guten Zweck, fürs Winterhilfswerk.

„Und jetzt will ich schlafen", herrscht der Bruder die Schwester an. Aber die Schwester will ihm alles haarklein erzählen, muss ihm einfach alles ganz genau berichten, vom Juxstandesamt und ihren Verehrern. Und dass die Kammerlander Anni, obwohl die doch so ein männernärrisches Ding sei, nur zwei Ehen geschlossen habe. Eine davon mit einem uralten, mindestens dreißig Jahre alten Kellner aus dem Innsbrucker Hof.

„Hella ist ein schöner Name", sagt die Schwester.

„Woher weißt du …"

„Der Robert ist ein Kind."

„Der Robert ist ein Scheißkerl!"

Werner Schöner versucht sich von der Bauchlage auf die Seite zu drehen, aber es geht nicht, es tut höllisch weh.

„Prellungen sind schlimmer als Brüche", hat der Hausarzt gesagt und ihm irgendeine Salbe verschrieben.

„Denen an der Front geht es hundertmal schlechter!"

Das weiß er auch, trotzdem tut es höllisch weh.

„Und? Wie sehr liebst du sie?", fragt die Schwester, während sie dem Bruder so fest, dass er aufschreit, den Rücken eincremt. „So sehr?!"

Werner sagt nichts. Solche Gespräche sind ihm zu dumm. Das war schon früher so. Immer dieses Liebesgequatsche! Er trauert dem Jahr seiner Alleinherrschaft hier im Kabinett nach. Wenn bloß der 2. Franz nicht aufgetaucht wäre!

„Übrigens … die Hella war auch im Standesamt!"

Er fragt jetzt nichts, beißt sich auf die Zähne und fragt nichts.

„Übrigens …"

„Licht aus!", brüllt der Bruder.

„Gleich. Nur noch zwei Briefe."

Das mit dem Reiten ärgert ihn. Im Kurpark hätte man nicht nur Bomben auf England werfen, sondern sich auch als Reiter erproben können. Die SA-Reiterstandarte hatte das organisiert, wie er in der Zeitung liest, die ihm die Mutter ans Bett gebracht hat. Noch ein Tag Krankenstand, aber morgen wird er wieder zur Arbeit gehen, und wenn der Rücken noch so höllisch schmerzt. Vor allem wegen Hella.

Die Reiterin im Circus Medrano hatte ihn begeistert, Anita Medrano, diese gertenschlanke, elegante Ballerina, wie die, auf dem Rücken eines galoppierenden Pferdes stehend, durch den Reifen gesprungen war, immer wieder, zwanzig-, dreißigmal, ohne auch nur irgendwie aus dem Gleichgewicht zu kommen.
An eine Reitnummer, um Hella zu imponieren, hatte Werner Schöner nur den Bruchteil einer Sekunde gedacht. Kein Pferd, keine Reitnummer. Dann ist ihm das mit dem Klettern eingefallen.
„Wer von uns sucht sich nicht gerne eine süße, kleine Maid zu einer illegalen Hochzeitsfeier", liest Werner Schöner, auf seinem Bett im Kabinett auf dem Bauch liegend, „besonders wenn es nebenbei noch eine gute Tat für das Winterhilfswerk ist!" Dass sich der Rodenbücher auch eine geangelt hat, SS-Oberführer Rodenbücher, und der Gauleiter Rainer ebenfalls, einfach so, aus Jux… um die Verbundenheit der Führung mit dem Volk zu demonstrieren.
Gott sei Dank ist kein Bild abgedruckt, keines mit Rodenbücher und Grete, Rodenbücher und Hella,

Hella und dem Scheißkerl Robert. Beim Küssen womöglich!

„... auch das Herzklopfen in den stockfinsteren, lauschigen Kusswinkerln bei dieser Wanderung ins Eheparadies war ja fürs Winterhilfswerk."

Am Sonntag hat Grete Schöner keinen einzigen Burschen geheiratet. Dafür hat sie beim Liebespostamt am Alten Markt elf Briefe bekommen und elf Briefe aufgegeben.

Man hat sich ein Nummernschildchen kaufen und – gut sichtbar – an der Jacke oder am Mantel anstecken können. Grete hatte die Nummer 247 gezogen. Dann konnten die Burschen, wenn ihnen ein Mädel, zum Beispiel das Mädel mit der Nummer 247, gefiel, einen Brief schreiben, als Adresse „247" aufs Kuvert und die eigene gezogene Nummer auf die Rückseite kritzeln. Schließlich mussten sie die Post gegen eine kleine Stempelgebühr fürs Winterhilfswerk aufgeben und auf einen Antwortbrief warten.

Die Mädchen hätten auch von sich aus Briefe schreiben können, an eine Nummer, an einen Burschen oder Herrn, der ihnen zusagte; aber die Mädchen warteten lieber ab.

Außer der Kammerlander Anni. Die schrieb unentwegt. Einen Brief nach dem anderen. Trotzdem bekam sie nur acht Briefe zurück, drei weniger als Grete.

„Was die alles geschrieben haben!", erzählt die Schwester dem Bruder, spätabends, von Bett zu Bett,

obwohl sich der Bruder schlafend stellt und sogar leichte Schnarchlaute von sich gibt, die ihm die
Schwester freilich ganz und gar nicht abnimmt. „Ich
werde richtig rot, wenn ich an die Briefe denke!",
sagt sie.

„Licht aus!"

„Gleich. Ich möchte die Briefe noch einmal lesen.
Wenigstens die zehn schönsten. Übrigens…"

„Licht aus!"

„… stimmt das, was Mutter mir erzählt hat?"

„Was hat Mutter dir erzählt?"

„Dass du dich freiwillig verpflichten willst!"

„Licht aus!"

Aber dann kommt die Mutter heim und dreht das
Licht wieder an. Dass der Onkel Ludwig gefallen ist,
sagt sie. „Der Erste aus der Familie", obwohl der
Onkel Ludwig gar nicht wirklich zur Familie gehörte.
Ein Freund von früher, vielleicht über sieben Haus-
ecken mit der Familie Schöner verwandt, wenn über-
haupt. Er hatte in Ludwigshafen gelebt, als Schlosser-
meister, zu Weihnachten und zu Ostern eine Gruß-
karte geschickt. Die Grete und der Werner hatten den
Onkel Ludwig zweimal, höchstens dreimal in ihrem
Leben gesehen. Der erste Tote „aus der Familie".
Irgendwo in England ums Leben gekommen.

„Wo in England?", will der Werner wissen, aber die
Mutter kann keine genaueren Auskünfte geben. „In
der Luftschlacht über England." Dann entzündet sie
eine Kerze und stellt sie auf den Küchentisch.

Der erste Tote. „Hoffentlich der Letzte", sagt die Grete. Und die Mutter meint: „Was sein muss, muss sein."

„Du willst dich wirklich freiwillig, Brüderlein ..."
„Licht aus!"

Der 5. November 1940. Nasskalt draußen, aber in der Setzerei ist es heiß wie im August. An den Maschinen hocken die Arbeiter mit nacktem Oberkörper. Auch Robert Kremsmayer. Nur der Herr Lutz trägt, wie immer, ein kariertes Hemd aus Flanell.
„Willkommen zurück an Bord!", brüllt der Scheißkerl und drischt Werner Schöner mit einem Prankenhieb auf das linke Schulterblatt. Werner taumelt, aber nur eine Sekunde lang, wie Anita Medrano eine Sekunde lang getaumelt hatte, auf dem Rücken ihres rasch galoppierenden Pferdes stehend, beim vorletzten Sprung durch den Reifen. Vielleicht war das absichtlich gewesen, vielleicht war das so eingeplant, als Nervenkitzel, und die Zuschauer hatten tatsächlich aufgeschrieen, als ginge es um Leben und Tod. Sicher war das eingeplant. Eine wie Anita Medrano, die gertenschlanke Ballerina auf dem Pferd, kann nicht fallen. Schon gar nicht so tölpelhaft wie er, Werner Schöner, vom Plafond im Schlafzimmer gefallen war.
Den Schrei, den er nach Roberts Berserkerschlag auf das lädierte Schulterblatt loslassen müsste, unterdrückt er mit letzter Kraft. Weiß der Scheißkerl was?

14

Hat ihm die Schwester doch alles brühwarm erzählt, im Liebestunnel oder sonstwo? Von der Kletternummer und dem Absturz auf die Bettkante?

„Na, Werner, biste wieder auf'm Damm?", fragt der Herr Lutz und klopft ihm kumpelhaft auf die linke Schulter. „Ziehste nich' das Hemd aus? Is' heiß hier herinn'!"
Er zieht das Hemd nicht aus, natürlich nicht. Soll Hella Sachs die schwarzvioletten Flecken auf seinem Rücken sehen, wenn sie ein Manuskript auf sein Pult legt? „Für Sie, Herr Schöner! Um Gottes Willen! Wer hat Sie denn so böse zugerichtet?"

Niemand. Ich bin vom Himmel gefallen. Wegen dir, Hella.

„Haste jeles'n?"
Natürlich hat er es gelesen. Daheim schon, im Krankenbett. Jetzt steht er mit dem Herrn Lutz vor dem Schwarzen Brett in der Setzerei und starrt auf den „Volksblatt"-Artikel, den jemand aus der Zeitung geschnitten und auf das Holz gepappt hat.
„Und du warste nich' dabei!", sagt der Herr Lutz und wirft die Stirn in Falten. „Och, muss man überall dabei sein?" Dann klopft er ihm noch einmal, zärtlicher als vorhin, auf den Rücken.
„Ein Bombenerfolg war der ganz privatime Bombenabwurf gegen Engelland! Churchill hätte sich zu Tode gefürchtet, wenn er miterlebt hätte, mit welcher

Wonne und Begeisterung die Salzburger Bomben schleuderten!"

„Noch fescher als das Chamberlain-Abwatschen letztes Mal!", ruft einer von seiner Setzmaschine herüber. Und ein anderer meint: „Bücherverbrennen vor zwei Jahren war feierlicher! Die Kraft des Feuers!"

„Alter Romantiker!"

Er könnte jetzt natürlich Hella Sachs fragen, wen sie geheiratet hat am Juxstandesamt fürs Winterhilfswerk. Oder, ohne Namensnennung, wie viele. Drei oder mehr? Wie viele Küsse? Muss man wildfremde Männer küssen mit 15? Ob sie das nötig habe? Muss man überall dabei sein, Fräulein Hella? Aber er fragt nicht, und Hella lächelt, wie sie immer lächelt, als sie ihm das Blatt mit den Kurzmeldungen aufs Pult legt. „Für Sie, Herr Schöner!"

Wahrscheinlich war Hella Sachs gar nicht am Jux-standesamt gewesen. Grete hatte das bloß erfunden, um ihn zu verwirren. Die Schwester liebte diese widerlichen Spiele.

„Du verstehst überhaupt keinen Spaß", sagt sie jedesmal. „Frieden?"

„Frieden", knurrt er dann meistens. „Und jetzt Licht aus!"

Hella war sicher nicht am Kapitelplatz, um sich einen Blechring an den Finger stecken zu lassen und durch den schwachsinnigen Liebestunnel zu laufen. Ganz sicher nicht. Nie im Leben.

„Danke", sagt Werner Schöner und vertieft sich, den Blick rasch von Hellas straffem Zopf abwendend, in den Text, den er auf der Maschine zu setzen hat.

„Verloren. Deutscher Schäferhund (jung) hat sich verlaufen. Abzugeben: Kantine Hellbrunner Kaserne; vor Ankauf wird gewarnt!"

„Kinderbrille auf dem Weg zur Nonntaler Schule verloren. Gegen Finderlohn abzugeben bei Fritsch, Kaigasse 41."

Stimmt das bisher? Außer den Namen. Die hab ich geändert. Aber sonst? Ich hab ja nur das Tagebuch und ein paar Schriftstücke, Zeitungsausschnitte, eine Handvoll Fotos. Das Tagebuch hab ich seit zehn Jahren, seit Du tot bist. Jetzt ist auch der Onkel Heinz gestorben, der Letzte in unserer Familie, der was gewusst hätte von damals. Ich hab ihn noch oft getroffen nach Deinem Tod, aber wir haben nie „von damals" geredet. Wieso hab ich nicht mehr gefragt?

Hab angefangen zu lesen und jetzt wünsche ich mir schon, einer der Freunde, „Kameraden" habt ihr gesagt, einer von Deinen „treuen Kameraden" gewesen zu sein. Stimmt das bisher? Bis auf die Namen? Kann man sich posthum in seine eigene Mutter von damals verlieben?

Ich hab das Tagebuch mitgenommen. Daheim hab ich es nicht geschafft, daheim beschäftige ich mich mit fremden Schicksalen. Bin ja Trauerredner geworden, halte Abschiedsreden für andere. Wäre Dir das peinlich?

Jetzt sitz ich im Gastgarten einer Kneipe, „Julchen Hoppe", in Berlin, Nikolaiviertel, und lese. Mach mir Notizen. Warst Du je in Berlin? Später einmal, mit den Senioren, oder? Wieso weiß ich so wenig über Dich? Ein ‚Berliner Kindl', bitte! Und den Boulettenteller! Hat geregnet, drüben am Holocaust-Stelenfeld. Ich war gestern schon dort und am Samstag, gleich nach meiner Ankunft. Heute wieder. Bin auf einem Quader gehockt, unterm Regenschirm, dreitausend Betonblöcke, da musst du deinen erst finden, aber dann ist die Sonne rausgekommen. Und die Regentropfen sind über die Steine herabgesickert, zarte Wasserrinnen, dicht nebeneinander, Perlenschnüre Richtung Boden. Haben sich verästelt, verzahnt, sind ausgefranst nach eigenen Plänen, wie Stacheldraht, aber voller Poesie. Gibt es das? Gibt es nicht.

Stimmt das bisher? Muss alles stimmen. Du hast ja selbst geschrieben, auf der allerersten Seite: „Hier in diesem Buche lege ich meine Erinnerungen wahrheitsgetreu fest."

„Fräulein, noch ein ‚Kindl'!"

Die Mutter hatte das nicht mehr ertragen können, dass ihr Mann sich vor dem Kriegseinsatz drückte, indem er Gebrechen vortäuschte wie diese rasenden Kopfschmerzen und die unerträgliche Schwermut. Der 1. Franz, der Vater von Grete und Werner, konnte auf Knopfdruck weinen. Oder weinte manchmal ohne ersichtlichen Grund plötzlich und heftig drauflos. So dass Grete und ab und zu auch Werner mitheulten. Ohne zu wissen, worum es ging. Es geht um nichts. Das ist reine Schauspielerei. Meinte die Mutter. Was der Vater entschieden verneinte. „Es ist die Schwermut."

Er wurde trotzdem zum Militärdienst berufen, aber gleich in eine Schreibstube gesteckt. Und weinte auch dort, wie er selbst, nicht ohne dieses kleine, schwer erklärbare Lächeln aufzusetzen, erzählte. Ja, auch in militärischen Diensten heulte er drauflos, wenn er zum Beispiel Briefe an Familien schreiben musste, deren Sohn oder Vater schwer verwundet wurde oder gefallen war. Wer da nicht zu heulen beginne, sei kein Mensch, sagte der Vater.

„Du hast ihn doch gar nicht gekannt!", versuchte der zuständige Unteroffizier den Franz jedesmal zu trösten. „Vielleicht war das ein Scheißkerl! Vielleicht war das die gerechte Strafe für irgendwas. Sicher sogar! Und jetzt reiß dich zusammen, Kamerad, und schreib! Immerhin ist Krieg!"

Er hat sich nicht zusammengerissen. Die Heulerei ging den anderen in der Schreibstube auf die Nerven. Irgendwann wurde Franz Schöner in die Kompanieküche versetzt, und weil er auch dort, aus heiterem Himmel, immer wieder von Weinkrämpfen geschüttelt wurde, endgültig aus dem Militärdienst entlassen. Da heulte er noch einmal so richtig herzzerreißend drauflos und bekam sogar eine Flasche Cognac als Abschiedsgeschenk.

„Ich kann dich ja nicht erschießen lassen", sagte der Feldwebel, als er ihm die Hand drückte.

Zurück im Privatleben, daheim bei der Familie, begann sich Franz Schöner, der 1. Franz, mit Astrologie zu beschäftigen. „Such dir eine Arbeit", mahnte ihn die Marie, seine Frau. Aber er verschrieb sich voll und ganz der Sterndeuterei und entwickelte rasch, durch intensives Selbststudium, eine bemerkenswerte Meisterschaft im Erstellen von Horoskopen. Verdiente bald schon, nicht viel, aber immerhin, bei Nachbarn und Bekannten, für die er in die Sterne blickte. Mit dem Geld kaufte sich der Franz neue Bücher, um sein Wissen zu erweitern, und besuchte Kurse bei „Sternen-Meistern", die in der Zeitung annoncierten.

Der Grete errechnete der Vater Dutzende Verehrer, der Marie schwere Zeiten, herbe Verluste, wenn sie nicht auf der Hut sei. Nur beim Werner, seinem Buben, verweigerte er, nachdem er zwei Tage und drei Nächte über dessen Horoskop gebrütet hatte, die Auskunft. „Geh nicht zu diesem Verein!" Das war alles, was er sagte.

Die Marie war außer sich vor Zorn, egal ob er jetzt den Turnverein oder den Alpenverein oder irgendeinen anderen Verein meinte. Er solle den Buben gefälligst in Ruhe lassen, der wisse schon, was richtig und was falsch sei. Am übernächsten Tag ist der Vater aus der gemeinsamen Wohnung ausgezogen, später noch einmal für ein paar Wochen zurückgekehrt. Und schließlich endgültig weggeblieben.

Dann erfolgte die offizielle Scheidung. Und bald darauf lernte die Marie den 2. Franz kennen, Franz Kubelka.

Der Kroni steht vor der Tür, ganz unerwartet. Josef Kronthaler, aus Norwegen zurück. Fällt der Grete um den Hals, und die Grete drückt ihn ganz fest an sich. Du lieber Freund! Eigentlich wollte sie sich mit dem Brenner Ferdl treffen, aber den lässt sie jetzt sitzen. Der Kroni erzählt, noch in der Tür stehend, dass er das EK 2 von Hermann Göring persönlich verliehen bekommen hat. Aber das ist nicht so wichtig. Wichtig ist, dass die Grete heute frei hat und dass sie mit dem Kroni über den Mönchsberg spazieren kann. Dann gehen sie in die Moser Weinstube. Und am Abend ins Kino – „Links der Isar, rechts der Spree".

Am nächsten Tag muss die Grete ihr Fahrrad von der Reparatur holen und der Kroni seine Familie besuchen. Aber am Nachmittag gehen sie in der Kleßheimer Allee spazieren, Arm in Arm. Dann treffen sie sich im Gablerbräu mit der Anni und dem Werner, Gretes Bruder, der alles wissen will über den Einsatz da droben, aber die Grete sagt immer nur: „Lass ihn doch in Ruhe!"
Der Kroni bringt die Grete und den Werner heim. Der Werner wartet solange beim Haustor, immer wieder fragend, bis ihn der Kroni rauf in die Wohnung schickt. Dann küsst der Kroni die Grete sehr lange.

Die Frau Ludwig aus dem dritten Stock hatte Waschtag gehabt, da stank es auch am Abend noch im Stiegenhaus so penetrant nach Kernseife und Waschlauge, und in der Waschküche erst recht, obwohl die Frau Ludwig seit ein paar Monaten nur mehr für sich und ihre Tochter, die „beklopfte Lisa", waschen musste. Sowohl der Mann als auch der Sohn Karl, zwei Jahre älter als Werner Schöner, waren an der Westfront im Einsatz.

Die „beklopfte Lisa" war 13 und trug fast jeden Tag einen straff geflochtenen blonden Zopf, der beinahe so schön war wie der von Hella Sachs. Aber nur beinahe. Alle zwei Wochen, wenn die Frau Ludwig der Lisa die Haare wusch, drunten in der Waschküche, ließ das Mädchen einen Tag lang ihr Haar offen runterhängen. Dann sah sie wie ein hell gefärbter Langhaar-Setter aus, der ins Wasser gestoßen wurde und den eine kalte Novembersonne notdürftig getrocknet hatte.

Die „beklopfte Lisa" hat die „Schwammigkeit im Hirn", wie ihre Mutter einmal Werners Mutter erzählte. Aber man konnte viel lachen mit ihr. Weil sie selbst so oft, ohne erkennbaren Grund, zu lachen anfing.

Einmal hatte sich Werner Schöner, immerhin schon 14 vorbei, in der Wohnung der Familie Ludwig in die Hosen gemacht, wegen der „beklopften Lisa". Er hatte so lachen müssen, dass es einfach kein Halten mehr gab. Geistesgegenwärtig hat er sich unter den Teppich gerollt, worüber die anderen, der Karl, die Lisa und ein paar Freunde vom Karl, selbst so lachen mussten, dass sie gar nicht mitkriegten, wie dem Werner unter dem Teppich das Wasser rann. Dieses allgemeine Gelächter hat er, Werner Schöner, dann auch ausgenutzt, um blitzschnell unter dem Teppich hervorzuspringen, die Zitronenlimonade aus dem

Steinkrug auf den Teppich und unter den Teppich zu schütten und die Wohnung zu verlassen. Niemand hatte was bemerkt. Vielleicht haben sich alle in die Hosen gemacht an diesem Nachmittag im Wohnzimmer der Familie Ludwig.

Natürlich ist das nicht der Eispickel vom Stiefvater. Es ist der von der Mutter. Die Mutter hat Sitzung bei der Arbeiterfront, Frauenwerk, und wird wohl bei ihrer Freundin, der Rohrscheid Klara übernachten, und der 2. Franz ist für ein paar Tage mit dem Lastwagen unterwegs, Eisentransporte, was weiß der Teufel, er redet nicht viel über seine Arbeit als Kraftfahrer. Und die Grete hat schon wieder ein Rendezvous mit dem Kroni.

Werner Schöner hat ein paar dicke weiße Kerzen mitgebracht, weil die Glühbirnen in der Waschküche kaputt sind und der Hausmeister keine Lust hat, sie auszutauschen. Tagsüber ist das egal. Am Abend wird ohnehin nicht gewaschen.

Am Abend ging niemand in die Waschküche, vor allem seit sich die Frau Milanowitsch am Fensterkreuz erhängt hat. Warum sie das getan hat, weiß keiner. Der Hausmeister hat sie gefunden, vom Fensterkreuz geknüpft und die Polizei verständigt. Man hat sie abgeholt. Das war alles. Außer dem Hausmeister, dem Benatzky, hat sie keiner tot gesehen. Die Scheidung hat sie nicht verkraftet, heißt es. Dass sie eine Jüdin war, hat ihr Mann ja nicht gewusst. Ehrenwort! Zu ihrem Begräbnis ist nur der Benatzky gegangen. Und die Grete. Der tat die Milanowitsch leid. Der tun immer alle leid. Die Frau Ludwig meinte damals, man solle doch einen Pfarrer holen, der die Waschküche weihen oder segnen könnte. Aber die Ludwig war die Einzige im Haus, die der Kirche noch halbwegs nahe stand, also ließ man die Sache mit dem Pfarrer bleiben.

„Die Zunge ist ihr rausgehängt – sooo weit!", sagte der Benatzky, um die Kinder zu schrecken. Aber die Kinder ließen sich nicht schrecken. „Wie weit?" Dann riss der Hausmeister sein Maul auf und streckte die Zunge einen Meter weit raus. Und die „beklopfte Lisa" lachte jedesmal so laut, dass die anderen davonrannten und die Toiletten aufsuchten.

Werner Schöner schlägt, in Kopfhöhe, einen Karabiner in die schmutzig graue Waschküchenwand und hängt das Seil ein. Knotenknüpfen hat er im Sommerlager gelernt. Das andere Ende des Strickes macht er am Fensterkreuz fest. Das Seil hängt ein bisschen durch, aber das muss so sein. Jetzt krallt er sich mit den Händen fest und zieht die Beine ein. Die erste Übung bei jedem Seilakt, dann käme der Aufschwung, dann das Balancieren. Wobei Balancieren auf dem Drahtseil viel leichter ist als auf einem Hanfstrick. Schritt für Schritt, kleine Schritte.
Wenn der Karabiner ausreißt, hat er neben seiner Rückenprellung noch einen gebrochenen Hintern. Dann kommt er ins Gipsbett im Spital. Und die

„beklopfte Lisa" wird ihn besuchen und so laut lachen, dass er – ohne eine Chance auf Gegenwehr – ins Bett macht.

Das Seil hält. Werner Schöner schaukelt mit abgewinkelten Beinen ein paar Sekunden lang. Dann meldet sich der geprellte Rücken mit großer Heftigkeit zurück. Außerdem schrillt jetzt grad eine Sirene los. Kerzen aus!

Den Strick knüpft er im Dunkeln ab, nur den Karabiner kriegt er nicht aus der Wand. Auch nicht mit Mutters Eispickel. Das wird gleich morgen erledigt, in aller Herrgottsfrüh, noch vor der Fahrt in die Arbeit. Wer lacht da? Die „beklopfte Lisa"? Oder die Milanowitsch? Beim Wegrennen stolpert Werner Schöner über die Kohlentruhe, aber er fängt sich grad noch. Und dann ist er auch schon im rettenden Stiegenhaus.

„Licht aus!"

„Nur noch fünf Seiten!"

Der Kroni hat der Grete ein Buch geschenkt, „Regenbogen der Liebe". Und eine Tafel Schokolade. Mit der Schokolade besticht sie ihr Bruderherz.

„Übrigens … hast du die Sirene gehört?"

„Welche Sirene? Und jetzt Licht aus!"

„Noch zwanzig Seiten! Bitte!"

Nach der zweiten Seite schläft Werner Schöner ein. Die Schwester liest und liest. Im Morgengrauen werden auch die Herzschmerzen weg sein.

Sie hatte den Heimabend vom Bund Deutscher Mädel geschwänzt, weil sie sich unbedingt mit dem Kroni treffen wollte. Das heißt: eine Stunde lang ist sie ohnehin dort gewesen, hat fleißig wie immer mitgesungen, und die anderen Mädels haben ihr wieder einmal Komplimente gemacht wegen ihrer schönen Stimme, vor allem die Ortner Irmi, die überhaupt keine Stimme hat, die keinen einzigen Ton trifft, nicht einmal bei den einfachsten Liedern. „Oh wie wohl ist mir am Abend". Als Kanon ist das nicht so leicht, aber die Irmi kann ja nicht einmal bei der einstimmigen ersten Strophe mithalten. Da singt sie schon in einer ganz eigenen Tonart und merkt es nicht einmal. Auch über das Winterhilfswerk ist ein bisschen geplaudert worden, wie wichtig es sei, die Soldaten an der Front durch Geldspenden zu unterstützen. Dass sie gleich hinter der Stoffler Dagmar und noch vor der Kammerlander Anni die zweitmeisten Trauungen und außerdem die mit Abstand meisten Liebesbriefe vorweisen konnte, hat Grete Schöner ziemlich stolz gemacht. „Dabei hab ich am Sonntag absichtlich niemanden mehr geheiratet!"

Dann hat sie sich entschuldigt, weil sie für die Mutter noch eine wichtige Arbeit erledigen müsse, und sich im Café Lohr mit dem Kroni getroffen. Was keine gute Idee war, weil im Café Lohr zufälligerweise Kronis Mutter mit einem der Grete und auch dem Kroni unbekannten Mann gesessen ist. Der Mutter war das spürbar peinlich gewesen, aber dann hat sie die beiden doch zu sich und dem Unbekannten an den Tisch gewunken. Der Mann hat ziemlich derbe Witze gemacht und dann die Mutter auf den Mund geküsst, was wiederum dem Kroni peinlich war. Aber dann hat ohnehin die Sirene losgeheult, der Mann ist aufgesprungen und, ohne die Zeche zu bezahlen, davongerannt.

Der Kroni hat gezahlt und der Grete in aller Eile das Buch und die Schokolade in die Hand gedrückt. Eigentlich hätte er sie jetzt küssen wollen wie am Tag davor, aber die Mutter krallte sich an seinen Arm und zog ihn raus aus dem Café Lohr, in die Nacht hinein. Und die Grete lief, ohne sich umzudrehen, unter dem Getöse der Luftschutzsirene, in die andere Richtung, schnell und immer schneller, wobei sie beim Laufen eine Art Herzkrampf bekam, was bis in den Hals hinauf sehr weh tat.

Aber jetzt ist sie endlich daheim, und der Werner, das geliebte Bruderherz, liegt im Bett, als ob überhaupt nichts gewesen wäre.

„Schläfst du?"
„Ja!"
„Schokolade?"
„Wenn's sein muss. Und jetzt Licht aus!"

Am Morgen, als der Wecker rasselt, ist Grete Schöner hundemüde, sie hat kaum eine Stunde geschlafen; den „Regenbogen der Liebe" hat sie, ohne abzusetzen, zu

Ende gelesen. Jetzt weiß sie wieder, wofür man lebt, wofür man alles auf sich nimmt, die Arbeit, die Schmerzen, die Angst.

„Tippste mal das", sagt der Herr Lutz und legt dem Werner höchstpersönlich das Manuskript aufs Pult.
Die Hella? Hat ihren freien Tag. Und der Kremsmayer Robert auch. Nicht dran denken!
Aber er denkt dran, immer wieder denkt Werner Schöner dran. Wenn er sie nicht so gern hätte! Hat er sie so gern? Wie zeigt man das, ohne sich zum Affen zu machen? Er zieht das Hemd aus, weil sie nicht da ist und die Flecken auf seinem Rücken schon blass geworden sind. Die anderen lachen gar nicht mehr darüber.
Werner Schöner muss sich sehr konzentrieren, um beim Schreiben auf der Intertype keine Fehler zu machen.

„Durch Nichteinhaltung der Verdunkelungsbestimmungen haben sich und andere Volksgenossen gefährdet: Gastwirt Otto Obermaier, Judengasse 15, Gerüster Franz Rothenbucher, Rauchenbichlerstraße 2 …"

„Verschiedenes. Wer fährt demnächst nach Wien und würde lammfrommen Hund gegen 10 RM Entschädigung mitnehmen? Leopoldskron Nr. 150, Weiherhof."

„Haste jut jemacht", sagt der Herr Lutz. „Wegen der Hella mach dir mal keene Sorgen. Det Mädl mag dich!"

Werner Schöner spürt, wie seine Wangen rot anlaufen, die Stirn, der Hals, die Ohren. Jetzt tut er so, als müsse er sich ganz fest auf den nächsten Text konzentrieren und zieht den Kopf zwischen die Schultern. Der Herr Lutz sagt nichts, lacht auch nicht. Der ist ein feiner Mann.

„Gefunden. HJ-Mantel wurde gefunden. Abzuholen bei…"

Bücherverbrennung in Salzburg, bei mir, bei uns daheim, Residenzplatz. Da war er keine 14 Jahre alt. Hat er ein Buch ins Feuer geworfen? Welches Buch? Eines, das ihm ein anderer in die Hand gedrückt hat? Einen Spruch gesagt, geschrieen, feierlich geschrieen (gibt es das?), den er auf Befehl eines anderen (oder auf Einladung eines anderen?) auswendig gelernt hat? „Ich werfe in die Flammen das ‚Vaterländische Lesebuch'". Oder hast Du das geschrieen, mit zitternder Stimme (Du warst es nicht!): „Ins Feuer werf ich das Buch des Juden Stefan Zweig, dass es die Flammen fressen wie alles jüdische Geschreibe!" Oder Heine, Tucholsky, Döblin, Werfel? „Ich übergebe dem Feuer…"

Er hat geworfen, er hat nicht geworfen. Vermutlich hat er geworfen, er war im Alter, in dem man geworfen hat, geworfen haben könnte, werfen musste. Hat nicht geworfen. Vielleicht ist er, vielleicht bist Du auch beim Bombenwerfen auf Engelland dabei gewesen, aber ich hab Dich vom Plafond fallen lassen, auf die Bettkante, aufs Kreuz, dass Du keine Bomben wirfst. Hätte ich Bomben auf Engelland geworfen, aus Jux? Welches Buch hätte ich mir in die Hand drücken lassen? Mit 14, unter dem feierlichen Gejohle der Menge? Wären sie, wärt ihr stolz gewesen. Stolz oder entsetzt, wenn ich nicht geworfen hätte?

Hätte mich irgendwer aus der Familie, irgendwer vom Betrieb hingeprügelt, hätte ich mich nachher besoffen? Vorher? Vielleicht vorher; was macht man nicht alles im Rausch! Wart ihr nicht stolz, oder täuscht mich meine Erinnerung, als ich mit 18, im 68er-Jahr, freiwillig ein Jahr zum Bundesheer ging? Weil alle anderen aus meiner Klasse auch ein Jahr freiwillig gegangen sind. Hast Du geweint, Mutter, damals, eine Nacht lang, aus Sorge oder Stolz? Oder bloß, weil ich Dir „erbarmt" habe?

Vorgestern war ich auch schon hier. Ich möchte einfach durch das Glasfenster schauen in die „verlorene Bibliothek" mit den weißen, leeren Bücherregalen unter dem Pflasterboden mitten am Bebelplatz. 20.000 Bücher hätten hier Platz, aber es ist kein einziges ins unterirdische Regal gestellt. Kein einziges. 20.000 Bücher sind damals, genau hier am Bebelplatz in Berlin, ins Feuer geworfen worden, am 10. Mai 1933, von völlig verrückt gewordenen Mitgliedern des NS-Studentenbundes, Bücher von Tucholsky und Kästner, Heinrich Mann und vielen anderen. „Wir übergeben den Flammen die Bücher von ..."

Das Fenster ist nicht viel größer als ein, höchstens zwei Quadratmeter. Man muss sich über das Glas beugen und sieht, das hängt vom Himmel ab, die leeren weißen Bücherregale oder die schwarzen Gewitterwolken oder die gleißende Sonne und sich selber, den eigenen Schatten, der sich über das Glas beugt.

Jetzt hat er zwei Väter, die unterschiedlicher nicht sein könnten. Der eine liest in den Sternen und drückt sich vorm Kriegseinsatz. Der andere geht mit der Mutter in die Berge und fährt Lastkraftwagen. Natürlich imponiert Werner Schöner das, aber den Vater hat er trotzdem lieb. Lieber als die Mutter ihn hat. „Werd bloß nicht so wie dein Vater!", hat sie schon oft gesagt. Dass er sich freiwillig verpflichten möchte, obwohl er noch so jung ist, hat die Mutter beruhigt.

Hellas Vater wird seit drei Monaten vermisst. In Frankreich höchstwahrscheinlich. Aber das bedeute gar nichts, hat Hella zu Herrn Lutz gesagt, als er nach ihrem Vater fragte. Dem Vater könne nichts passieren. „Er trägt ein Amulett mit einem Foto von Mutter und mir!"

Werner Schöner hat seinen Vater, den 1. Franz, um ein Horoskop für Hellas Vater ersucht, ohne der Hella etwas davon zu sagen. Dass er am 16. Februar 1909 in Salzburg geboren wurde, hat ihm der Herr Lutz aus Hellas Personalunterlagen herausgefunden. „Warum willste dat wissen?" Bloß so.

Ohne genaue Geburtsstunde, hat der Vater gemeint, wär ein Horoskop nichts als Kaffeesud-Leserei. Da kann man alles und nichts behaupten. „Tut mir leid!"

Wie gerne hätte Werner Schöner, bei einem Eisbecher oder einem Glas Limonade, der Hella erzählt, mit einem Beweisstück in der Hand, dass es ihrem Vater gut ginge und dass er spätestens in einem halben Jahr zurückkäme. Da wäre ihr ein Stein vom

Herzen gefallen und sie hätte ihn auf die Lippen geküsst. Nein, auf die Wangen, auf beide Wangen.

9. November. Am Nachmittag kommt der Kroni an Gretes Haustür, und dann machen sie sich ein Stelldichein aus: um 10 am Abend im Café Lohr. Vorher wäre Gemeinschaftsabend vom BDM. Und noch vorher die Führerrede im Radio. Die beginnt aber erst um $1/2 7$ und dauert bis nach 8! Jetzt geht die Grete nicht mehr ins Gablerbräu zu ihren Mädels. Jetzt bleibt sie daheim und wartet, bis es $3/4 10$ ist. Dann fährt sie mit dem Rad zum Café Lohr, zum Kroni. Aber der ist nicht da. Sie spaziert vor dem Kaffeehaus auf und ab, und der Kroni kommt nicht.

Auf einmal tritt ein ihr fremder Mann auf die Grete zu und fragt sie, ob sie auf jemanden warte und ob er ihr dabei Gesellschaft leisten dürfe. Nein. Ja. Jetzt plaudern sie, was man halt so plaudert in der Nacht, wenn man auf jemanden wartet, der nicht auftaucht.

Dann kommt die Rede aufs Winterhilfswerk, und der Mann gesteht, dass auch er der Grete einen Liebesbrief geschrieben hat. An das Mädel mit der Nr. 247. Er war die Nr. 198. „Ihr großer Verehrer Herbert".

Die Grete erinnert sich sofort, weil sie diesen Mann gerne kennengelernt hätte, damals schon. Wegen dieser Höflichkeit in den Zeilen. Die anderen, vor allem die jungen Burschen, waren da viel direkter. Grete mochte diese Romantik sehr – „… Ihr großer Verehrer Herbert".

Herbert Willi heißt er und ist, jetzt erschrickt Grete
Schöner und kann es auch gar nicht verbergen, schon
34 Jahre alt. Trotzdem muss dieses Zusammentreffen
gefeiert werden. Im Café Pitter. Ein Satz ergibt den
anderen; die beiden verstehen sich, trotz des Alters-
unterschiedes – er ist genau doppelt so alt wie sie –
prächtig. Um $\frac{1}{2}$ 3 oder so, Grete will gar nicht auf die
Uhr schauen, liefert er sie daheim vor ihrer Haustüre
ab. Dass er den ganzen Weg aus der Stadt heraus ihr
Fahrrad geschoben hat, findet die Grete reizend.
Dafür gibt's einen Gute-Nacht-Kuss.

„… er ist ein lieber, anständiger Mann. Wenn er nicht
schon so alt wäre! Zum Abschied vor der Haustüre
hat er mir einen Gute-Nacht-Kuss gegeben. Oder hab
ich ihm den Kuss gegeben? Jedenfalls sehr keusch.
Hoffentlich muss er nicht einrücken. Und der Kroni
ist ein Schuft!"

Horizontalseil ist das eine, die Vorstufe sozusagen.
Schritt für Schritt von hier nach da, 1 Meter 70 über
dem Boden, mit der Balancestange, jedenfalls am
Anfang. Werner Schöner hat seine beiden Schistöcke
mit Isolierband an den Griffen zusammengeklebt.
Das Seil, drunten in der Waschküche, hält, aber mehr
als die Affenschaukelnummer gelingt ihm auch am
zweiten Abend nicht. Vielleicht doch Reiten … auf
dem Esel?

Im Juli war er mit dem Rad nach Hallein gefahren, mutterseelenallein, als dort der Circus Rebernigg gastierte. Da gab es Hella noch nicht. Das heißt: natürlich gab es sie, aber noch nicht in seinem Herzen. Da war sie das Fräulein Hella mit dem blonden Zopf, die Kleine aus der Redaktion. Nein: da war sie ein Kind, noch nicht einmal 15. Warum er jetzt, ein paar Monate später, ununterbrochen an sie denken muss, weiß er nicht. Man müsste die Schwester fragen, die kennt sich aus in diesen romantischen Geschichten.

Über die „drei Mogadors" hatte er sich herzlich amüsieren können, in Hallein, im Circus. Was die mit ihren Eseln aufführten − wirklich zum Lachen! So wie die „beklopfte Lisa" zum Lachen ist. Das kommt blitzartig und schon glaubt man, es geht in die Hosen. Die Esel haben ja selber gelacht, zumindest haben sie die Zähne derart gefletscht, dass es aussah, als ob sie lachen würden. Zum Brüllen komisch!

Esel sind überhaupt das Größte, denkt Werner Schöner, an der Intertype hockend und Verlautbarungen tippend. Auf einem Esel reiten ist hundertmal schwieriger als auf einem von der SA-Reiterstandarte dressierten Pferd. Wo kriegt man einen Esel her? Und wo bringt man den unter? In der Waschküche, im Kohlenkeller … während man in der Setzerei sitzt und arbeitet?

„Stellengesuche: Oberkellner für Bar, Café oder Restaurant sucht Jahresstelle. Unter ‚nüchtern‘ an die Verw. (2032-8)“.

Das Allergrößte, was Werner Schöner je erlebt hatte, das war der Auftritt der exotischen Schönheit „Felsina“ gewesen, am 13. Mai 1940 im Circus Krone auf dem Südbahnhof in Linz. Der Vater war mit ihm nach Linz gefahren, mit der Bahn, weil sonst niemand Zeit hatte und überhaupt kaum jemand Werners Begeisterung für den Circus teilte. Der Vater hatte ihm die ganze Fahrt lang zu erklären versucht, warum die Mutter und er nicht mehr zusammenpassten. Aber das war dem Werner nicht so wichtig. Er mochte beide, die Mutter und den Vater. Außerdem wohnte der jetzt nur ein paar Straßen weiter.

„Den 2. Franz muss man einfach akzeptieren“, sagte Werner Schöner, „er hat auch seine guten Seiten. Und die Mutter liebt ihn, weil er …“

„… ein richtiger Mann ist“, unterbrach der 1. Franz seinen Sohn. „Bergsteiger, Kraftwagenfahrer, Turner. Das imponiert der Marie. Wozu hätte ich Steilwände hochklettern sollen? Um irgendwann abzustürzen?“

Aber da waren sie schon in Linz, auf dem Südbahnhof, beim Circuszelt. Was heißt: Circuszelt?! Ein 4-Masten-Rundzelt mit allen Schikanen, der letzte Schrei! Die erste Seilvorführung gehörte einem Löwen, dem Löwen „Pharao“. Der lief, als wäre das ein langer, auf dem Boden liegender Baumstamm, über das dünne Drahtseil. Die Bären „Protz" und „Teddy" fuhren auf richtigen Motorrädern!

Dann das Größte, die Größte! Das exotische Mädchen „Felsina", hüftlanges schwarzes Haar, das hoch oben in der Kuppel des Circuszeltes an der Decke lief. Kopfüber! Schritt für Schritt, kleine Schritte, zwanzig Meter weit an einem blitzschnell hochgezogenen Eisenbrett. Kopfüber!!! Die Zuschauer raunten bei jedem einzelnen Schritt auf. Wenn sie abgestürzt wäre, „Felsina", dann hätte sie sich am Manegenboden das Genick gebrochen. Aber sie stürzte nicht ab. Man muss sich konzentrieren, dann ist alles möglich. Sogar das Deckenlaufen, kopfüber.

„Kann man davon leben?", fragte der Sohn den Vater auf der Heimfahrt im Zugabteil dritter Klasse, dem mit den hölzernen Sitzen.
„Vom Deckenlaufen?"
„Von den Horoskopen!"
„Naja … da müsste ich die Sterne fragen", antwortete der 1. Franz und lächelte dabei wie der Clown Bobo, den die anderen, der Flips, der Jach und Klein-Wey, in jeder Clownnummer in die Pfanne gehauen hatten.
„Und was anderes?"
„Du meinst: richtige Arbeit?"
„Einfach wie früher", sagte der Werner, der Bub.
„Wie früher − gibt es nicht mehr", antwortete der Vater und begann zu weinen, ganz leise, und so heftig, dass es ihn schüttelte.

Aber das waren nur die verdammten holprigen Gleise zwischen Attnang-Puchheim und Salzburg-Hauptbahnhof.

Die „beklopfte Lisa" ist in heller Aufregung. Grete Schöner hat ihren freien Tag und möchte sich so richtig ausschlafen, muss sich so richtig ausschlafen. Jetzt ist es noch nicht einmal 8 in der Früh, und die Lisa brüllt, als täte ihr jemand Gewalt an. Gretes Mutter und der Bruder Werner sind schon aus dem Haus; die wollen auf den Untersberg rauf, wer weiß, wie oft das noch möglich ist in diesem Jahr. Die „beklopfte Lisa" schreit und schreit.

„Bitte nicht!!!", versteht die Grete, im Aufwachen, also will dem Mädel doch wer Gewalt antun! Wenn irgendjemand im Haus wäre, aber die sind alle in der Arbeit oder auf dem Weg zum Untersberg oder im Krieg. Und die alte Windischbauer liegt im Bett und kann sich nicht rühren.

„Bitte nicht!!!"

Vor ein paar Tagen erst hatte die Grete in der Zeitung gelesen, dass ein Zuckerbäcker aus Schallmoos wegen des Verbrechens der Schändung, begangen an einem siebenjährigen und einem achtjährigen Mädchen, verurteilt worden ist, zu acht Monaten strengen Kerkers. „Viel zu wenig!", hatte die Kammerlander Anni sich im Heimabend empört. „Dem gehört sein Ding abgezwickt! Mit der Beißzange!"

Ob die Lisa, Lisa Ludwig, wirklich schon 13 ist?, denkt Grete Schöner. Oder 7? Oder 17?

Die Lisa brüllt noch immer und jetzt hört man auch den Ralph kläffen, den Riesenschnauzer-Mischling, der sonst nie bellt. Der Ralph ist erst seit ein paar Wochen bei den Ludwigs, weil ja Frau Ludwigs Bruder, also Lisas Onkel Otto, an der Front ist und seine Frau, die Tante Erika, mit Hunden nicht umgehen kann.

„Der Ralph ist ein Gottesgeschenk für die Lisa", hat ihre Mutter gesagt. Das Mädel ist mit ihm schon bis an die Salzach spaziert oder einmal zum Maxglaner Friedhof. Nie ist es zu irgendeinem Vorfall gekommen. Der Ralph ist der Schutzengel von der „beklopften Lisa".

Brüllt und brüllt: „Bitte nicht!!!"

Grete Schöner schlottert vor Angst, aber jetzt steht sie schon in der Tür, den Schlafrock bis oben zugeknöpft. Der eine Polizist hält den Hund fest, der andere die Lisa.

„Sie wollen mir den Ralph wegnehmen", schreit die Lisa und schluchzt, und der Ralph bellt so laut er kann. Das ist nicht sehr laut.

„Hier gibt es nichts zu sehen", schreit der Polizist, der die Lisa festhält, und will Grete Schöner zurück in ihre Wohnung drängen. Aber Grete bleibt stehen, auch wenn ihr das Herz bis in den Hals hinauf schlägt, wie neulich, als die Sirene losging und sie noch so weit laufen musste.

„Kannst du lesen?", fragt der Polizist, der den Ralph mit einem geschickten Griff und ein paar Klapsen auf den Rücken beruhigt hat, und drückt der Grete ein Blatt Papier in die Hand. Ob sie lesen könne?! Grete Schöner ist Stenotypistin bei der Landstelle 3 und pflegt ganze Bücher, vor allem wenn sie von der Liebe handeln, in einer Nacht auszulesen!

„Was steht da?", winselt die „beklopfte Lisa" und fährt dem Ralph, der sich an ihre dünnen Beine schmiegt, zärtlich über den Schädel.

„Kundmachung. Auf Grund des Erlasses des Reichsstatthalters in Salzburg vom 22. Oktober 1940, betreffend die Erfassung von Hunden für Kriegsverwendung bei Wehrmacht und Polizei, ordne ich an … und so weiter …"

„Was heißt das?"

„Dass wir den Köter mitnehmen", sagt einer der Polizisten.

„Bitte nicht!!!"

Grete Schöner überfliegt das amtliche Schreiben, in dem davon die Rede ist, dass Rassehunde, also Deutsche Schäferhunde, Dobermänner, Terrier, Rottweiler, Deutsche Boxer und Riesenschnauzer sowie alle Kreuzungen bzw. Mischlinge dieser Rassen … wie heißt das? … zur Erfassung gelangen. Und zwar alle, die in der Zeit vom 1. April 1938 bis 1. November 1939 geboren wurden. Und dass sich alle Halter von infrage kommenden Hunden bis spätestens 8. November beim zuständigen Polizeirevier melden müssen. Wenn nicht, gibt's eine Strafe. Und heute ist der 10. November, zwei Tage über den Termin hinaus. Also gibt's eine Strafe. Und die Strafe besteht darin, dass der Ralph abtransportiert wird. In die Polizeikaserne, in den Hundezwinger. Und dann, wer weiß, in den Krieg.

„Aber, sie braucht ihn doch!", fleht die Grete jetzt die Polizisten an, „der Ralph ist ihr Ein und Alles!"
„Pech gehabt", sagt der Polizist, der den Ralph an die mitgebrachte Leine gelegt hat.
„Morgen ist der wieder da", tröstet der andere, „oder übermorgen. Der kann ja nicht einmal bellen."
Jetzt schreit die „beklopfte Lisa" noch einmal ganz laut, dann seufzt sie, macht dem Ralph ein Kreuzzeichen auf die Stirn und auf die Schnauze, geht in die Wohnung zurück und wirft die Türe fest ins Schloss.
Grete Schöner kriecht sofort wieder in ihr Bett und schläft in der Sekunde ein. Aber einen halben Traum später läutet es an der Wohnungstür. Und gleich ein zweites, ein drittes Mal. Die Lisa, denkt sie und will schon aufmachen.
„Ich bin's, der Kroni!"
Der Kroni, auf den die Grete eine Riesenwut hat, weil er sie so schmählich versetzt hat, gestern im Café Lohr! Der Kroni läutet und läutet, aber Grete Schöner bleibt standhaft. Am Nachmittag geht sie mit dem Herbert Willi spazieren und kommt erst um $\frac{1}{2}$ 9 heim.

Ich hocke auf meinem Betonquader wieder einmal, am Holo-
caust-Stelenfeld. Keine Aufsichtsperson kann mich da verscheu-
chen. Ich bin ja kein kletterndes, springendes Kind, ich bin nur
müde, ich picknicke auch nicht und ziehe mir nicht das Hemd
aus, um meinen Bauch in der Sonne zu bräunen. Ich sitze bloß
da, verschnaufe und schaue in den Himmel. „Die Welt" lese ich,
was weiß ich: zweihundert Meter über dem Stelenfeld. Aber das
ist nur ein Heliumballon, der Touristen hochzieht. „Die Welt"
sponsert einen besonderen Blick auf Berlin. Wir hier herunten
sind die Ratten, ihr da oben seid die Adler. Hier herunten ist
Holocaust. Bei euch da droben, wenn ihr so wollt, ist die Welt.
Vier Wochen Berlin, bezahltes Zimmer, Stipendium. Glückspilz
du! Tauch ein, lass Dir die Großstadt um die Ohren wehen.
Vielleicht wird eine Liebesgeschichte daraus!

Von der Mutter kann man sich eine Scheibe abschneiden. Wie die den Dopplersteig hochläuft! Werner
Schöner geht viel früher die Puste aus, dabei ist er 16
und die Mutter ist 39. Das macht der Turnverein,
zweimal die Woche, und wenn es nicht Schusterbuben
regnet, ist sie immer draußen in der Natur und droben auf irgendeinem Berg, mit dem Franz, und wenn
der Franz Lastwagendienst hat, mit ihren Kameraden
vom Alpenverein.
Die Mutter liebt die Berge, die Grete das Wasser. Die
Schwester ist eine echte Wasserratte. Der Werner mag
beides halbwegs. Aber daheim bleiben ist auch schön.
Ein Rolf-Torring-Heft lesen, Fotos aus der Zeitung
abzeichnen, Sportkanonen, Künstler, prominente
Personen. Oder einfach nachdenken, sich was aus-

denken, womit man zum Beispiel Hella Sachs imponieren könnte. Gedichte hat er auch schon geschrieben, aber gleich wieder weggeworfen.

„Schreib ihr halt ein Gedicht", hatte die Grete gemeint, „wir Frauen lieben Gedichte. Übrigens …"

„Licht aus!"

Die Mutter legt ein gewaltiges Tempo vor und kann auch noch reden beim Gehen, die steilen Felsstufen hinauf.

„Wenn die dich nehmen, und die werden dich sicher nehmen, dann kommst du zuerst zur Ausbildung nach Kufstein. Hat der Franz gesagt. Dort gibt es pfundige Berge. Naunspitze, Steingrubenwand, Wilder Kaiser. Da wachsen dir die Wadeln von allein!"

Dann sind sie endlich oben am Untersberg, am Geiereck, beim Gipfelkreuz. Jetzt hocken sie auf einem Latschenstrunk, der Sohn und die Mutter, holen den Proviant aus den Rucksäcken, Landjägerwurst, harte Eier und Bauernbrot, trinken abwechselnd aus den Feldflaschen Zitronentee und Bier und schauen hinunter ins Tal.

Da drunten liegt Bayern. Marktschellenberg, Untersalzberg, Berchtesgaden. Der Stadt Salzburg haben sie den Rücken zugekehrt.

Werner Schöner ist noch immer außer Atem, nickt nur automatisch mit dem Kopf, als die Mutter vorschlägt, dass sie ihn das nächste Mal mitnimmt ins Tennengebirge, auf den Tauernkogel zum Beispiel, mit dem Franz; und der Franz werde ihn, den Werner, ans Seil nehmen. Und wie herrlich doch die Natur sei, und dass jeder Gipfelsieg einen Menschen stärker mache.

Auf Hella fallen ihm, ohne dass er danach suchen will, fast ein halbes Dutzend Reime ein. Mortadella, Keller, Propeller, Teller, schneller. „Mein Herz schlägt schneller…" Schnell vergessen. Aber Hella Sachs kann man nicht schnell vergessen. Er kann das nicht. Dass die kohlrabenschwarze Dohle, die schon geraume Zeit um das Gipfelkreuz gehüpft war, seine Stange Landjäger vom Schneidbrett stiehlt und damit abrauscht, Richtung Bayern hinunter, nimmt er wahr, als wäre das eine Szene in einem komischen Kinofilm. „Ich klau für dich jede Wurst vom Teller…"

„Warum lachst du?", fragt die Mutter.

„Ich muss grad an jemanden denken."

„An wen?"

„An… die ‚beklopfte Lisa'!"

Da fährt sie also ahnungslos ins Büro, Landstelle, Registratur, will mit ihrer Schreibarbeit beginnen, und schon wird Grete Schöner von der Neulinger überfallen. Die erzählt ihr brühwarm, dass der Kroni im Gablerbräu gewesen ist, vorletzte Nacht, im gleichen Saal wie die Landstellenleute. Und dass er mit der Kammerlander Anni Briefe gewechselt habe, so auffällig, dass das jeder mitgekriegt hat. Und dass der Kroni dann den Raum verlassen hat, und kurz darauf die Anni. Na, und dass die Anni ein männernärrisches Luder ist, das weiß doch jeder!

„Die Anni ist meine beste Freundin", flüstert Grete Schöner, und die Neulinger lacht recht vulgär. Jedenfalls schlägt Gretes Herz wieder einmal im Hals, ganz oben, unter dem linken Ohr, und gleich wird sie ohnmächtig zusammensinken. Aber nicht vor den anderen. Sie greift nach ihrer Handtasche, wirft der Neulinger einen verzweifelten Blick zu. Und die Neulinger, die weiß Gott keine Heilige ist und die gerne zeigt, dass sie die Chefin im Büro ist, nickt beruhigend sanft und deutet mit einer kleinen Kopfbewegung zur Tür.

„Du hast die rosa Tante zu Besuch, stimmmt's?"

Grete versteht nicht.

„Den Maler im Keller! Na, deine Tage!"

„Ach so, stimmt. Danke", haucht Grete, so leise, dass es die anderen nicht hören können. Die haben sicher trotzdem alles gehört, bei der Neulinger ihrer lauten Stimme. Und dann ist sie auch schon draußen auf der Straße, nimmt das Rad und schiebt es irgendwohin, eine ganze Stunde lang, während ihr Kopf einen Brief erfindet, der von großem Zorn spricht.

Das Büscherl Almrausch hat er für Hella gepflückt, aber als Werner Schöner am Morgen das Haus verlassen will, steht die „beklopfte Lisa" in der Tür. „Bringst du mir den Ralph zurück? Bitte"! Ihre Augen sind verschwollen vom Weinen.

„Ich werde mich ... oder der Franz, wenn der zurückkommt, der kennt jemanden bei der Polizei ... aber ...", und dann drückt er der Lisa die Blumen in die Hand und läuft in den Hof und raus auf die Straße.

„Für Sie, Herr Schöner!"
„Danke, Fräulein Hella!"
Sie lächelt ihm zu, als müsste er jetzt noch etwas sagen. Meint sie … ein Gedicht oder wo die Blumen sind oder wie's am Untersberg war. Lächelt noch immer und dann geht sie.
„Haste nichts jemerkt?", fragt der Herr Lutz.
Dass sie gelächelt hat, länger als sonst, anders als sonst.
„Na Mensch, Junge! Die Frisur!"
Natürlich! Der Zopf ist weg. Die Hella hat sich den Zopf abschneiden lassen.
„Steht ihr doch jut, nackenfrei und mit diesem Hirnschöpfchen! Is' jetzt modern. Hat 'nen süßen Kopf, die Kleene, oder? Oder merkste sowas nich'? Wenn ich nich' schon so'n oller Knacker wär …"
Der Zopf! Ob sie den weggeworfen hat?
Werner Schöner tippt einen falschen Buchstaben nach dem anderen in die Bleizeilen, bis ihm der Herr Lutz mit den Handknöcheln eine Nuss verpasst, wie ein grober Friseur, der einem eine Schneise in das Haar am Hinterkopf ziehen will. „Konzentrier dich. Is'n scheiß Leserbrief, aber trotzdem sind Tippfehler verboten!"
Werner Schöner atmet tief durch und konzentriert sich. Dass sein linker Oberschenkel zittert, vom Untersberg gestern, lenkt sein Hirn von Hellas neuem Haarschnitt ab, ein bisschen wenigstens.

„… nun zu ‚Jud Süß'. Wann immer der Deutsche schwach wird und verlottert, wenn er sich seiner Verantwortung entäußert, wird das Fremde um ihn stark und mächtig und verhängnisvoll. Nicht Antisemitismus predigt der Film, sondern blut- und arteigene Wachsamkeit."

Der Herr Lutz ist zufrieden, dass keine Bleizeile neu getippt werden muss. Dann legt er ihm den Zettel mit dem Zusatztext aufs Pult. „Kammerlichtspiele Mirabell – 4. Woche verlängert: ‚Jud Süß'; höchste Prädikate: staatspolitisch und künstlerisch besonders wertvoll."

Grete Schöner hat den wütenden Brief an den Kroni noch nicht abgeschickt, ja noch nicht einmal geschrieben. Wenn er jetzt an der Türe läuten und sich entschuldigen oder noch besser: glaubhaft erklären würde, dass da wirklich nichts gewesen ist zwischen der Anni und ihm, dann könnte sie ihm vielleicht verzeihen. Aber er läutet nicht. Warum läutet er nicht? Im Haus ist es still, als wären alle gestorben. Nicht einmal die Lisa weint oder lacht.

Die Anni hat ja hoch und heilig geschworen, dass ganz und gar nichts gewesen sei, dass sie mit dem Kroni im „Gabler", Juxbriefe gewechselt habe, so ähnlich wie das am Postamt fürs Winterhilfswerk war. Aber viel harmloser. Sonst nichts, Ehrenwort. Ein Deutsches Mädel lügt nicht, hat sie gesagt und die Hand zum Schwur gehoben. Aber die andere Hand hat sie hinter dem Rücken versteckt und wahrscheinlich den Mittelfinger über den Zeigefinger gelegt. Da kann man dann lügen, und es ist doch keine richtige Lüge. Die Anni hat die Grete umarmt, und nach dem Büro sind sie auf einen Eisbecher ins Café Lohr gegangen.

Ins Kino. „Jud Süß". Die Anni hat einen riesigen Zorn gekriegt, als der Süß die Dorothea vergewaltigt und sie sich daraufhin das Leben genommen hat. „Da muss man sich direkt die Hände waschen", hat die Kammerlander Anni gesagt, als die Mädels das Mirabellkino verließen. „Weißt du, dass die Juden da unten beschnitten sind?"
Der Grete sind solche Gespräche sehr unangenehm, aber die Anni kommt immer wieder mit sowas daher. „Kennst du den Moser Gabriel?"
Grete Schöner fällt ihr rasch ins Wort. „Die Söderbaum war so wunderschön! Aber als sie den Süß gehängt haben – ich hab richtig weinen müssen."

„Wegen dem Vergewaltiger? Wegen dem Juden?"
„Mir hat", sagt die Grete, „seine Familie so erbarmt."

Hab ein paar Leute gefragt: „Weißensee, Jüdischer Friedhof"? Achselzucken. Bin einfach drauflos gegangen, die Greifswalder Straße Richtung irgendwohin. Was Friedhöfe betrifft, hab ich mein Leitsystem unter der Haut. Das funktioniert! Einer sagt: „Ach Gott, ja, die Richtung stimmt. Aber das sind locker drei oder vier Kilometer!" Drei oder vier Kilometer sind ein

Kinderweg für mich. Ich gehe ganz andere Entfernungen, wenn ich ein Ziel habe. Außerdem habe ich noch jeden Friedhof gefunden, und den Jüdischen Friedhof Weißensee finde ich auch, obwohl ich den Stadtplan im Zimmer vergessen hab.

Thomas-Mann-Straße, Hanns-Eisler-Straße, noch immer keine Hinweistafel. Wieder nachgefragt: Ja, die Richtung stimmt … jetzt kommen dann gleich die Komponistenstraßen: Meyerbeer, Rossini, Puccini, Bizet, dann rechts wegbiegen, und schon müsste man die gelben Backsteinmauern sehen. Der Jüdische Friedhof Weißensee, der größte jüdische Friedhof Europas!

Der Mann am Tor drückt mir ein viel zu kleines Käppi in die Hand und sagt: „Sie wissen, dass wir um 17 Uhr sperren?" Ich weiß es nicht. Es ist 25 vor. Ich gehe zwischen Grabtafeln, die der Wind gebeugt haben muss; es gibt keine Blumen, keine Kerzen. Mendelssohn und Rosenkranz, Jsrael und Abraham. Einfach gehen, stehen bleiben, gehen. Ich lege einen Kieselstein auf einen Grabstein und hebe eine Eichel samt Hütchen vom Boden auf. Zwanzig Minuten Stille, nicht einmal Blätterrauschen. Keine Menschen mehr unterwegs außer mir. Das ist der stillste Ort in Berlin, der Jüdische Friedhof Weißensee, kurz vor der Nachtsperre. Dann muss ich zurück zum Tor … das Käppi bitte … aber ich komme wieder. Jetzt kenne ich ja den Weg.

Der 1. und der 2. Franz sind einander erst einmal begegnet, neulich am Franz-Joseph-Kai, zwischen Museums- und Müllner Steg. Der 1. Franz war auf einer Promenadenbank gesessen, im beigen Anzug, den alten Borsalino auf dem Kopf, und hatte in einer Zeitschrift gelesen. „Über das astrologische Denken. Sterne und Mensch".

Dann also kamen der 2. Franz und die Marie des Weges, wobei der 2. Franz den Arm so fest auf Maries rechte Schulter gelegt hatte, als möchte er sie nie mehr loslassen, als gäbe es da kein Loslassen mehr für immer. Die Marie trug das selbst geschneiderte Herbst-Dirndl mit dem blauen Leibrock und der rostbraunen Schürze. Das Haar hatte sie zu einer Gretlfrisur hochgesteckt. „Bauernkrone", hatte der Werner als Bub dazu gesagt, keine Ahnung, wo er das aufgeschnappt hatte, und dafür vom Onkel Theo, dem ältesten Bruder der Mutter, einfach so, eine gefangen. Der 2. Franz trug seine Speck-Lederhose mit dem Hirschfänger in der linken Seitentasche. Und die grünen Wadelschoner. Keine Stutzen, nur die Wadelschoner, obwohl es schon ziemlich kalt war. Und die Ärmel seines weißen Leinenhemdes hatte er fast bis zu den Achselhöhlen hochgekrempelt.

Der Marie war dieses Zusammentreffen unangenehm. Trotzdem blieb sie stehen. „Franz. – Franz.", sagte sie.

„Der Herr Sterndeuter", rief der 2. Franz und deutete, wie man auf dem Markt auf billige Ware zeigt, auf das Heft, das der 1. Franz in den Händen hielt.

„Der Vater von Grete und Werner", ergänzte der 1. Franz, mit einem sehr kleinen Lächeln auf den Lippen. „Wie geht's den beiden?"

„Prächtig", antwortete der 2. Franz, bevor die Marie irgend etwas sagen konnte. „Der Grete hab ich das Grammophon geschenkt, das sie sich so lange gewünscht hat. Ein Koffergrammophon! Und den Werner nehm ich demnächst ans Seil. Dass ein Mann aus ihm wird!"

Das Lächeln im Gesicht vom 1. Franz ist noch ein bisschen kleiner geworden. „Ein Grammophon! Da wird die Grete selig sein. Wo sie die Musik so liebt."

Dann hakte sich die Marie beim 2. Franz unter und mahnte zum Aufbruch. Man wolle im Bräustübel Bergkameraden treffen. Und er, Franz, der 1. Franz, solle sich doch einmal bei den Kindern melden. Der Werner fährt ja in ein paar Wochen ins Winterlager nach Wagrain. Und die Grete träumt noch immer von der Ziehharmonika. 24 Bässe würden reichen, für den Anfang.

Die Grete spinnt. Die heult immer gleich los, wenn ein Lied sie rührt. Der Werner ist da ganz anders, der hat sich viel besser im Griff. Außerdem kann man sich ja die Ohren zuhalten. Oder den Raum verlassen. Wenn „Gute Nacht, Mutter" gespielt wird, im Volksempfänger oder neuerdings vom Grammophon, das der 2. Franz mit nach Hause gebracht hat, hält sich der Werner die Ohren zu, aber so raffiniert, dass es keiner merkt, weder die Mutter noch die Grete. Die ist sowieso mit Heulen beschäftigt. Manchmal schluchzt die Mutter bei dem Lied auch auf, aber nur ganz kurz.

Vor ein paar Wochen, beim „Wunschkonzert für die Wehrmacht" im Radio, hat sie aufgeschluchzt. Die Grete hat geheult, und der Werner hat sich die Ohren zugehalten, aber er hat trotzdem alles mitgekriegt.

Dass eine Mutter angerufen habe im Haus des Rundfunks in Berlin, sagte der Sprecher, und dass sie aus dem Notizbuch ihres lieben Jungen vorgelesen habe. Und dass auf der letzten Seite in diesem Notizbuch der Text des Liedes aufgeschrieben war, in der immer ein bisschen fahrigen Handschrift ihres Harald, der ja grad einmal 18 gewesen sei. Und dass der jetzt in Polen schlafe, für immer, gefallen für die Heimat und für den Führer und für sie, die Mutter. Er ist ein guter Junge gewesen, hat sie gesagt, am Telefon. Und der Sprecher im Radio meinte: einer der Besten.

Dann sang Wilhelm Strienz: „Gute Nacht, Mutter, gute Nacht! Hast an mich jede Stunde gedacht, hast dich gesorgt, gequält um deinen Jungen, hast ihm des Abends ein Schlaflied gesungen …"

„Ich muss runter", hat der Werner gerufen, „mein Fahrrad reparieren!"

Der Kroni rührt sich nicht, läutet nicht an der Tür, holt die Grete nicht von der Arbeit ab. Als ob er böse wäre. Es ist aber umgekehrt: Grete Schöner ist böse auf ihn, und sie ist sich gar nicht mehr sicher, ob sie ihm die Geschichte mit der Anni verzeihen könnte. Ihr schon, aber ihm?

Statt dem Kroni läutet der Herbert an der Haustür. Die Mutter ist im Turnverein, und der Werner hat

51

sich schon wieder in den Keller zurückgezogen. Er hat gesagt, dass es spät werden kann und dass der Geist von der Milanowitsch da unten spukt. Und jetzt bettelt der Herbert, Herbert Willi, der große Verehrer, so lange, bis die Grete ihn mitnimmt, hinauf ins Zimmer. Er muss ihr aber zuerst das Ehrenwort geben, dass er sehr anständig ist.

Am nächsten Abend liegt ein Brief vom Kroni im Briefkasten der Familie Schöner. Dass er zurück müsse an die Front, wohin genau, dürfe er ja nicht sagen, aber dass er unendlich traurig sei, sie, seine Grete, nicht mehr angetroffen zu haben. Er habe es immer wieder versucht, aber kein Glück gehabt. „Vielleicht gibt's ein Wiedersehen, vielleicht schon zu Weihnachten? Vielleicht nie mehr."

Jetzt heult die Grete Schöner, wie sie im Kino geheult hatte, als der Jud Süß gehängt worden ist und ihr seine Familie so leid getan hat. Oder wie neulich beim Wunschkonzert, als Wilhelm Strienz gesungen hat. Kroni, du Schuft!, denkt sie, warum lässt du mich im Stich… während sie ihr dunkelblaues Samtkleid anzieht, das ihr die Mutter vor kurzem erst genäht hat, und sich die Wangen pudert. Herbert Willi wird sie gleich abholen. Er möchte sie, die Grete Schöner, seinen Eltern vorstellen.

Jetzt läutet es an der Wohnungstür, und sie ist noch gar nicht fertig! Es ist aber bloß die Frau Ludwig, die der Grete ein Paket aushändigt, das der Briefträger bei ihr für sie abgegeben hat.

„Ist der Ralph schon wieder zurück?", fragt die Grete, während sie schon beginnt das Paket aufzuschnüren.

„Ach, der kommt sicher nicht mehr!", antwortet die Frau Ludwig. „Den haben sie längst abgemurkst, weil er ihnen zu wenig laut bellt für einen Krieg. Was soll ich meinem Bruder sagen, wenn der zurückkommt?"

„Und die Lisa?"

„Redet nichts, lacht nicht, liegt im Bett und starrt an die Decke. Sie hat ihren Schutzengel verloren!"

„Danke für das Paket", ruft die Grete. „Ich bin spät dran!"

Das Packpapier wirft sie einfach auf den Boden. Auf der Karte steht: „In Liebe, für immer, Dein Horst". Und dann hat sie ganz entzückende Hausschuhe aus Rentierfell in ihren Händen, und heult, weil sie den Horst fast vergessen hätte und weil diese Hausschuhe so ganz und gar wundervoll sind. Morgen früh wird sie ihm gleich an seine Feldpostadresse schreiben. Jetzt fehlt nur mehr der Lippenstift. Und das Rosenparfüm. Oder schlägt sich das mit der Lilienmilchcreme, mit der sie die Hände und das Dekolleté gesalbt hat? „Ich komme!", ruft sie, als es abermals läutet. Und diesmal ist es wirklich Herbert Willi.

„Durch Nichteinhaltung der Verdunkelungsbestimmungen haben sich und andere Volksgenossen gefährdet: Glaserlehrling Josef Mayr, Pfeifergasse 6, Zimmermädchen Grete Ortner, Linzer Gasse 17, Gastwirt Richard Heiß, Kaigasse 8, Oberbuchhalter Rudolf Klug, Imbergstraße 17."

Jetzt muss der Werner der Hella endlich sagen, dass ihre neue Frisur einfach eine Wucht ist oder sie zumindest fragen, ob sie mit ihm nach der Arbeit auf einen Eisbecher oder auf ein Glas Wermuth gehen wolle.

„Danke", sagt sie, „gerne!" Und dass sie auf ihn warten werde, gleich unten beim Eingangstor zur Druckerei. „Sagen wir: um sieben?"

Nicht beim Eingangstor, meint der Werner, dem der Scheißkerl Robert gerade einfällt, der auch beim Eingangstor raus muss; lieber drüben im „Pitter". Falls er zu spät dran sein sollte, man weiß ja nie, was denen von der Redaktion so in den Sinn kommt, dann solle sie bitte auf ihn warten und sich einen Wermuth bestellen, auf seine Rechnung.

Das „Pitter" hat geschlossen. Renovierungsarbeiten nach einem Wasserrohrbruch; die Hella hat eine gute halbe Stunde vor dem Café auf den Werner gewartet. „Macht nichts", sagt sie, als er sich tausendmal entschuldigt. „Beim Träumen vergeht die Zeit so schnell."

„Wir könnten auch zu mir nach Hause…", meint Werner Schöner und er weiß absolut nicht, wer ihm diesen Satz eingeflüstert hat. „Dann kann ich Ihnen meine Zeichnungen zeigen, die von den Künstlern. Wermuth haben wir keinen daheim. Aber Eierlikör."

Die Hella weiß auch nicht, wer ihr das eingeflüstert hat: „Ich liebe Eierlikör!" Jetzt sitzen sie auf seinem Bett im Kabinett, trinken Eierlikör und schauen sich die Zeichnungen an, die Werner Schöner gemacht hat.

„Der da, das ist Jesse Owens. Der hat in Berlin bei der Olympiade vier Goldmedaillen gewonnen, 100 Meter, 200 Meter, Staffel und Weitsprung. Das ist beim Start zum Hundertmeterlauf. Schau … schauen Sie …"

„Schau … sag bitte: schau …"

„Schau … wie er den Körper durchstreckt … wie ein Panther vor dem Absprung …"

Jetzt zeigt er ihr auch noch Lutz Long, den deutschen Weitspringer, der Zweiter geworden war hinter dem schwarzen Jesse Owens. Long: 7,87 Meter. Jesse Owens: 8,06! Alles aus dem Cigaretten-Bilderdienst-Album abgezeichnet. Und dann kramt er noch eine Zeichnung hervor.

„Ich mag seinen Bart nicht", sagt Hella Sachs. Werner Schöner, wer hat ihm das eingeflüstert?, hat im selben Augenblick seinen Radiergummi in der Hand und wischt dem Führer den Schnurrbart weg.

Sie kichern wie Kinder. Hellas Haar berührt im Lachen sein Haar, seine Nase ihr Ohr. Und jetzt muss er ihr dringend sagen, wie wunderbar ihr die Kurzhaarfrisur steht und ob sie den Zopf aufgehoben habe und dass sie dieser Filmschauspielerin so ähnlich sehe, die vor drei Monaten gestorben ist, 29 Jahre jung, Herzmuskelschwäche. Diese Marie Luise Claudius. Aber das hat sie traurig gemacht. „Mit 29 will ich nicht gestorben sein. Da hätte ich ja schon mehr als das halbe Leben hinter mir!"

Er zieht ein Blatt Papier aus seiner Zeichenmappe. Die Claudius, von einer Künstlerkarte abgezeichnet. Die Grete, seine Schwester, sammelt sowas. „Die schönste Frau der Welt", sagt er, auch wenn die Zeichnung nicht hundertprozentig gelungen ist. „Schöner als die Söderbaum und die Ilse Werner und die Zarah Leander zusammen! Fast so schön wie du." Die Hella schaut den Werner an und lächelt und küsst ihn auf die Lippen.

Aber da geht die Tür. Die Mutter und der 2. Franz poltern herein. „Hier stinkt's wie im Freudenhaus!", ruft der Stiefvater. Da huscht die Hella, ohne dass die Marie und der Franz sie sehen können, bei der Tür hinaus.

„Wo ist der Eierlikör?", hört der Werner die Mutter aus der Küche rufen.

Herbert Willis Eltern sind nett, ziemlich alt, „ehrwürdig alt", denkt Grete Schöner, aber nett. Die kleine Schwester, die Karin, ist auch in Ordnung. „Darf ich die Brautjungfer sein", fragt sie irgendwann einmal; da fährt ihr der Bruder über den Mund. „Die Grete ist eine liebe Kameradin! Wir kennen uns erst seit ein paar Wochen!"

Sie haben Kaffee getrunken und Marmorkuchen gegessen, über den Alltag und das Radio-Wunschkonzert geplaudert. Jetzt gehen sie alle fünf ins Weinhaus Dinghauser, um den schönen Abend dort gemütlich ausklingen zu lassen.

Im „Dinghauser" spielt eine prima Musikkapelle. Geige, Gitarre, Akkordeon. Wenn der Grete ein

Geiger ins Ohr spielt, dann ist sie in der größten Glückseligkeit. Und wenn er dazu auch noch singt, dann ist die Welt rund um sie vergessen. Alles vergessen. „Hörst du mein heimliches Rufen" spielt und singt der Geiger. Jetzt fordert sie der alte Herr Willi zum Tanzen auf, indem er eine formvollendete Verbeugung vor ihr macht, und der Herbert tanzt mit seiner alten Mutter. Bald tauschen sie. Nur die Karin sitzt am Tisch und trinkt der Grete ihr Glas Wein leer. „Das ist der Johann", sagt der Herbert, als er Grete an den Tisch zurückführt. Am Nebentisch, beim Tanzen hat er ihn erspäht, sitzt der Johann Glück, ein Freund, und lächelt zu den beiden herüber.

„Hans im Glück", meint die Grete, als sie sich wieder an ihren Tisch setzen, während Herberts Mutter und der Vater den nächsten langsamen Walzer drehen, als hätten sie seit hundert Jahren nicht mehr getanzt.

„Hans im Unglück", sagt die Karin. „Der Hans ist eine arme Sau!" Jetzt taucht ein Soldat auf, zieht das Mädel einfach vom Tisch weg auf die Tanzfläche.

Dann erzählt der Herbert, dass der Hans, der Johann Glück, vor ein paar Jahren aus der Steiermark nach Salzburg gekommen sei, aus dem Alpl, Roseggers Waldheimat. Ein tüchtiger Maurer, bei allen Bautrupps sehr beliebt. Dann der Krieg, und nach ein paar Wochen, irgendwo in Norwegen, erwischt es den Gefreiten Hans Glück. Eine Granate reißt ihm den Bauch auf, zertrümmert seinen linken Arm. Er liegt schon im Leichenschauhaus, fertig zum Einsargen. Da entdeckt ein Bestattungshelfer, dass der Hans noch zuckt, mit dem rechten Fuß. Er wird ins Lazarett zurückgebracht, und nach fünf Wochen zwischen Leben und Tod wird er nach Hause transportiert, notdürftig zusammengeflickt.

Natürlich ist er sofort aus der Wehrmacht entlassen worden. Einen Halbtoten kann man dort nicht brauchen. Aber der Hans erfängt sich erstaunlich gut, kann sogar wieder am Bau arbeiten. Den linken Arm trägt er in einem Ledergurt. Und wenn die Hände nicht mitmachen, dann sind die Zähne dran. Er kann mit den Zähnen Nägel aus dem Holz reißen.

Jetzt prostet er mit einem Glas Wein herüber zum Herbert und zur Grete. Und die beiden nehmen ihre Gläser und setzen sich zu ihm an den Tisch.

„Hab grad von dir erzählt", sagt Herbert Willi. „Dass du alles hinter dir hast, lieber Freund. Genieße das Leben. Du hast es verdient!"

„Ach ja", fällt der Hans im Glück dem Herbert ins Wort, „übermorgen rück ich wieder ein. Wieder Norwegen. Die Gegend kenn ich ja schon."

„Spinnst du?", ereifert sich der Freund. „Ein Krüppel wie du? Und will wieder in den Krieg ziehen? Nach Norwegen, an die Front? Haben sie dir nicht nur in den Bauch, sondern auch ins Hirn geschossen?!"

Aber der Hans lächelt nur. Und die Grete weiß nicht, was sie von all dem halten soll.

„Es ist ganz einfach", erzählt Johann Glück. „Wir sind elf Männer in der Familie. Der Vater, seine Brüder, ich bin der älteste Sohn, und der Roland ist der jüngste. Der Roland ist so ein wunderbarer Mensch. Ein Künstler. Ich hab ihn wirklich gern."

„Und? Was hat das mit dem Krieg zu tun?" Herbert Willi, der sanfte Herbert Willi, den die Grete so schätzt, weil er so höflich ist und so untadelige Manieren besitzt, hat rote Flecken im Gesicht, so sehr regt er sich auf.

„Es gibt ja diese Verordnung", sagt der Hans und lächelt dabei, „wenn aus einer Familie zehn Männer im Kriegseinsatz sind, dann muss der elfte nicht mehr einrücken. Seit ich daheim bin, aus der Schlacht rausgeschossen, sind nur mehr neun Männer aus der Familie Glück im Feld."

Im Feld, denkt die Grete – das klingt, als ob das ein Spiel wäre, Halma oder Mensch ärgere dich nicht. Jedenfalls käme als Nächster der Roland dran, der ist grad 18 geworden. Die Einberufung habe er schon erhalten, sagt der Hans.

„Soll der Kleine vor die Hunde gehen? Ich war so gut wie tot. Na! Probier ich's halt noch einmal. Ich bin der Zehnte, freiwillig noch dazu. Der Roland wieder der Elfte, der ist aus dem Schneider. Ich möchte, dass der Roland lebt, wenn der Scheißkrieg endlich aus ist."

Jetzt stoßen sie an auf den Roland und auf den Hans. Dass alles gut gehen möge.

Dann beichtet der Herbert, sehr zum Entsetzen der Grete, dass er morgen auch wieder nach Frankreich fahren müsse. Und dann tanzen sie noch einmal zu den Klängen der wunderbaren Combo. „Hörst du mein heimliches Rufen", speziell für sie. Das Herz schlägt der Grete hinauf bis unters linke Ohr. Es wird auch geküsst. Der Herbert schwört, bei allem, was ihm heilig ist, recht oft zu schreiben.

Die „beklopfte Lisa" liegt im Bett und starrt an die Zimmerdecke. Neben dem Bett hockt ein schwarzbrauner Dackel und kläfft. Aber die Lisa braucht keinen kläffenden schwarzbraunen Dackel, auch wenn der „Wasti" heißt und „soooo liiiiieb" ist. Auch nicht, wenn der ihr zur Begrüßung mit der heißen, nassen Zunge die Nase und die Wangen abgeschleckt hat. Der Wasti ist 7 und muss nicht mehr zur Polizei und nicht mehr in den Kriegsdienst. Der ist zu alt dafür, außerdem ist er kein Rassehund. Der hat Zeit für die Lisa, aber der Wasti ist nicht der Ralph.
Jetzt schlägt ihm die Lisa mit dem Handrücken vom Bett aus auf die Schnauze, dass er endlich zu kläffen aufhört. Der Wasti hört augenblicklich damit auf. Verzieht sich unter die Schminkkommode der Frau Ludwig und legt die Schnauze auf den Holzboden. Dann ist es wieder totenstill.
Grete Schöner hat der Lisa den Hund mitgebracht, aus dem Tierschutzheim. „Den nimmt dir keiner weg. Großes Ehrenwort!"
„Dreckvieh", hat die Lisa den Wasti genannt, und ihre Mutter hat zur Grete gemeint: „In zwei Tagen sind die beiden die besten Freunde."

Nach zwei Tagen hasst die Lisa den Wasti noch immer. „Ratte", sagt sie zu ihm. „Du Hund Ratte! Morgen schmeiß ich dich ins Klo!"
Als Grete Schöner vom Büro heimkommt, steht auf der Fußmatte vor der Wohnungstür – ein Ziehharmonikakasten. Ein Zettel liegt auf dem Deckel. „Schade, dass niemand zuhause war. Viel Freude beim Musizieren, dein Vater."

Der Tänzer Kreutzberg war ein Berliner. Harald Kreutzberg. Du hast mir einmal von ihm erzählt, mit Glanz in den Augen. Ist ja auch bei den Salzburger Festspielen aufgetreten. Ausdruckstänzer. Ein faszinierender Mann, hast Du gesagt. Hast Du ihn auf einer Bühne gesehen? Oder nur die Bilder von ihm in der Zeitung und im Kino? Hat Dein Bruder, der Werner, ihn abgezeichnet?

In Anif hat eine Künstlerin gelebt, damals, Helene von Taussig, aber wie sollte man das wissen, wir kommen nicht aus der „gehobenen Welt", nicht aus den Künstlerkreisen, wir stammen von Arbeiter- und Beamtenvorfahren ab, kaum jemand hat das gewusst, nur ganz wenige, die Eingeweihten, die Künstlerfreunde. Haben also gewusst, dass Helene von Taussig den Tänzer Kreutzberg gezeichnet hat, einen ganzen Zyklus, Bewegungsstudien des Tänzers Harald Kreutzberg. Kann man ja nicht wissen und wir schon gar nicht. Jetzt, ja, jetzt weiß man es, aber auch nur, wenn man nachfragt. Frag hundert Salzburger nach der Malerin Helene von Taussig, und einer, höchstens zwei wissen was. Nichts Genaues noch dazu.

Hinterher weiß man vielleicht etwas: dass Helene von Taussig Jüdin gewesen ist. Und dass die SS sie 1940, kurz bevor Dein

Tagebuch beginnt, Mutter, aus der Stadt, aus Salzburg gejagt hat. Dass man ihr Haus beschlagnahmt und der Gefährtin eines NS-Funktionärs zur Verfügung gestellt hat. Und dass sie zwei Jahre später „auf dem Transport nach Theresienstadt einer Lungenentzündung erlegen" sei. Von unserer herrlichen Stadt Salzburg, die ich so liebe, wie Du sie geliebt hast, geht man eine halbe Stunde nach Anif. Bilder von Helene von Taussig hängen in unserem Museum.

Das wenn man gewusst hätte, dann wär man wirklich einer gewesen, der viel weiß. Ich hab es auch erst vor kurzem erfahren. Ich krieg so verdammtes Schädelweh, wenn ich in alten Aufzeichnungen lese. Eine Weiße mit Schuss bitte! Heute halte ich auch das noch aus!

„Lieber Herbert", schreibt Grete Schöner in ihrer schönsten Schrift, „heute ist ein Traum wahr geworden. Vater hat mir eine Ziehharmonika geschenkt, eine Hohner mit 48 Bässen! Jetzt werde ich mich um einen tüchtigen Lehrer umsehen. Und wenn du Weihnachten auf Heimaturlaub kommst – Du kommst doch, oder? Du hast es mir versprochen! – dann kann ich Dir vielleicht schon unser Lied vorspielen: ‚Hörst du mein heimliches Rufen', ohne Bassbegleitung, aber zumindest die Melodie."

An den Kroni schreibt sie fast dasselbe, und an den Horst auch und bedankt sich für die reizenden Hausschuhe aus Rentierfell, wobei sie das Wort „reizenden" zweimal unterstreicht. Und dass alle die Hausschuhe sehr bewundert hätten, die im Haus und die im Büro.

Jetzt sitzt sie mit der neuen, gebrauchten Ziehharmonika vom Vater auf dem Küchenstuhl und lässt den Balg atmen, zieht an, drückt zusammen, ohne ein einziges Mal auf eine Melodietaste zu tippen.

Die Mutter kommt spät, da sucht die Grete schon nach einer Melodie – „hörst du mein heim –" hat sie bereits erkundet.

„Weißt du, wie spät es ist?", fragt die Mutter.

Dass die Ziehharmonika vor der Tür gestanden sei, erzählt die Grete, immer noch im siebenten Himmel, und dass es eine mit 48 Bässen sei, nicht mit 24! Und dann spielt sie ihr „hörst du mein" vor, und beim „heimliches Rufen" stimmen die Töne nicht mehr.

„Morgen ist auch ein Tag", sagt die Mutter, aber die Grete ist zu sehr aufgewühlt; sie hat vom Vater eine Ziehharmonika geschenkt bekommen, drei Briefe hinaus an die Front geschrieben und die ersten Töne zum Klingen gebracht. Da kann man doch nicht ins Bett gehen, auch wenn schon der neue Tag angebrochen sein mag. Na und?! Jetzt muss die Mutter erzählen!

Dass die Klara, ihre Freundin, sie mitgenommen hat, erzählt die Mutter, zu einer Feierstunde für die weibliche Gefolgschaft der Firma Roittner, Haushaltswaren, in der Judengasse. Dass die Betriebsfrauenwalterin gesprochen habe und die Gaufrauenwalterin, die Parteigenossin Weißenbrunner, über die Stellung der deutschen schaffenden Frau im Lebenskampfe des deutschen Volkes.

Die Grete kommt jetzt schon bis „Rufen", ohne eine falsche Taste zu drücken. „Hörst du mein heimliches Rufen". Aber jetzt kläfft der Wasti, und die Grete setzt sofort die Ziehharmonika ab.

„Die deutsche Frau weiß", hat die Weißenbrunner gesagt, sagt die Mutter, „dass durch den jetzigen Krieg der Friede ... der endgültige Friede und die... ja, die Befreiung des deutschen Volkes gesichert wird." Hat die Weißenbrunner gesagt, und dann haben sie applaudiert und Likör getrunken. Und ein bisschen getanzt. Nur Frauen.

„Bin ich dir eine gute Mutter?", fragt die Mutter und starrt an die Zimmerdecke, während die Grete sie umarmt und küsst, als lägen der Herbert, der Kroni und der Horst gleichzeitig in ihren Armen.

Robert, der Scheißkerl, war schon drei Tage nicht in der Firma. „Weeßt du irgendwat?", fragt der Herr Lutz den Werner. „Ihr zwee beede seid doch dicke Freunde!"

Erstens sind sie alles andere als dicke Freunde und zweitens weiß Werner Schöner auch nichts, absolut nichts. Will auch gar nichts wissen, obwohl die Hella jetzt ihm gehört und er die Sache mit dem Circus Medrano glatt vergessen könnte. Aber sowas vergisst man nicht.

„Keine Ahnung", sagt Werner Schöner, und jetzt schwebt, wie auf Stichwort, die Hella auf ihn zu, und er würde am liebsten von seiner Setzmaschine aufspringen und sie in seine Arme nehmen, für den Rest des Tages. Die Hella, was ist das?, hält ihren Zeigefinger unter die Nase, dass er wie ein Schnurrbart ausschaut und zieht ihn, als sie vor Werner steht, kokett wieder weg.

Werner Schöner lacht hell auf und kann sich schier nicht mehr beruhigen, bis der Herr Lutz ihn aus diesem Spiel reißt. „Na, na! Sind wir im Kindergarten?" Und zur Hella meint er, so ernst, dass sie richtig erschrickt: „Lass dat sein, Mädelchen! Da lacht nich' jeder drüber!"

Hella Sachs kriegt augenblicklich einen knallroten Kopf, drückt Werner Schöner, ohne ihn noch einmal anzusehen, ein Blatt Papier in die Hand und schleicht durch den Maschinenraum, vom Gelächter der anderen Setzer begleitet, zur eisernen Ausgangstüre.

„Tipp das! Aber mach keene Fehler, mein Jung'! Keen leichter Text!" Dann hält er, der Herr Lutz, der Chef der Setzerei vom „Volksblatt", selber den Zeigefinger unter die Nase, aber so, dass es nur der Werner sehen kann, zwinkert ihm zu und geht an seinen Schreibtisch zurück.

Seltsam. Bei der Hella ist ihm das sehr komisch vorgekommen. Wenn der Herr Lutz das macht, wird ihm unbehaglich zumute. Was meint er damit?

Macht er sich lustig über Hella? Macht er sich lustig über den Führer?

„Nicht vergessen! Auch die Salzburger hören am 1. Dezember im Radio das Wehrmachts-Wunschkonzert, direkt übertragen aus dem Haus des Rundfunks in Berlin. Noch dazu, wo es sich um das 50.

Wunschkonzert handelt! Im Vordergrund steht, neben kostbaren Musikdarbietungen der ernsten und der heiteren Muse, einmal mehr die Erfüllung zahlreicher Soldatenwünsche von der Front nach Zuhause, von Zuhause an die Front. Salzburger, wollt ihr diesen Brückenschlag zwischen Heimat und Front versäumen? Oder Marika Rökk und Zarah Leander? Sicher nicht …"

Der Herr Lutz telefoniert, dann ruft er in den Setzereisaal: „Alle mal herhören! Der Robert fällt für länger aus. Müsst ihr halt Überstunden machen. Ick kann och nix für!"

Jetzt bestürmen sie den Herrn Lutz, aber der will nichts rauslassen. Erst als der Konrad, der Zweitälteste nach dem Herrn Lutz, meint: „Lass uns nicht blöd sterben, Chef!", rückt der Herr Lutz damit heraus. Dass sich der Robert, Robert Kremsmayer, mit einem Polizisten geprügelt hat. Jetzt sitzt er im Bau und sicher für lange.

Vergönn ich ihm, denkt Werner Schöner, vergönn ich ihm von Herzen. Sagt es aber nicht. Scheißkerl bleibt Scheißkerl, obwohl ihm die Hella hoch und heilig versichert hat, dass nichts gewesen ist zwischen ihr und ihm, damals nach dem Circus, nicht einmal ein Kuss. Warum er sich mit dem Polizisten geprügelt hat? Aber das weiß der Herr Lutz auch nicht. „Und jetzt wieder ran an die Maschinen!"

*In Wahrheit bin ich selber einmal beim Versuch, mit dem
Eispickel der Großmutter eine Wand in unserer Wohnung zu
erklimmen, abgestürzt und auf die Bettkante gefallen. Aber die
Zeichnung vom Führer ohne Bart stammt nicht von mir.*

„Hörst du mein heimliches Rufen? Öffne dein
Herzkämmerlein. Hast du heute Nacht auch lieb an
mich …" Dann läutet es an der Tür. So weit ist Grete
Schöner noch nie gekommen, fehlerfrei noch dazu.
„Den Scheißkerl Robert haben sie eingesperrt!", ruft
der Werner und rennt seine Schwester fast über den
Haufen.
„Den Robert? Wieso?!"
Der Bruder weiß nicht mehr, als dass sich Robert
Kremsmayer mit einem Polizisten geprügelt hat und
daraufhin festgenommen worden ist. „Das vergönn
ich ihm!", meint der Werner.
„Aber warum? Er wird doch nicht …"
„Was wird er nicht?!"
Und dann erzählt die Grete, dass sie den Robert
getroffen hat, neulich, im Café Corso, ganz zufällig,
zum ersten Mal seit dieser blöden Juxtrauung fürs
Winterhilfswerk. Dass sie halt ein bisschen geplaudert
haben und dass sie ihm … ach nichts …"
Jetzt wird der Bruder wütend. „Ach nichts?!"
Von der „beklopften Lisa" hat sie ihm erzählt, und
dass die nicht mehr redet, kaum mehr was isst, in
ihrem Bett liegt und an die Decke starrt und den
Wasti schlägt, obwohl der so ein lieber Hund ist. Und
alles wegen dem Ralph.

„Du glaubst, der Robert …"

„Er hat gesagt, dass das eine Schweinerei ist, wenn man einem Menschen, einem kranken noch dazu, seinen Schutzengel wegnimmt …"

Der Bruder kennt sich nicht mehr aus. „Das hat der Scheißkerl gesagt?"

„Und dass man das nicht einfach hinnehmen darf."

Werner Schöner läuft runter in den Keller. Möchte was ausprobieren, einfach so. Der Karabinerhaken steckt noch immer in der Waschküchenwand, und die Mutter hat noch nicht danach gefragt. Gott sei Dank herrscht seit Tagen so ein Sauwetter, dass kein Mensch, nicht einmal der 2. Franz, in die Berge gehen will.

Bald kommt ohnehin das Winterlager in Wagrain, obwohl er Schifahren nicht gerade liebt, was vielleicht mit seiner leichten Augenschwäche zu tun hat. Der Arzt wollte ihm schon Brillen verschreiben, aber Brillen kommen nicht in Frage. Erstens: Wie sieht denn das aus? Und zweitens: Wenn man zu den Gebirgsjägern will, darf man keine Brillenschlange sein. Lieber die Augen zusammenkneifen. Schifahren muss man können und eine Ausdauer haben. Aber dafür braucht er den Franz nicht. Das kommt von allein.

Den Karabiner dreht Werner Schöner mit großer Kraftanstrengung aus der Mauer und schlägt ihn noch ein Stückchen weiter oben ein, zwanzig Zentimeter über seinem Kopf. Das Seil spannt er straffer als beim letzten Mal und verknotet es, so fest er kann, am oberen Fensterkreuz. Jetzt geht er in den Handstand, kippt zweimal, dreimal zurück, bis seine nackten Füße endlich das Seil berühren. Dann hängt er sich mit den Zehen ein, den Kopf zwanzig Zentimeter über dem Steinboden. Zählt bis sieben und zieht die Hände gleichzeitig vom Fußboden weg. Den einen Arm streckt er aus, den anderen beugt er ab und hält den Zeigefinger unter die Nase. So lang es geht, ohne Lachen.

Als die Türe von außen aufgedrückt wird, rührt er sich nicht, schaukelt langsam, als wäre er tot. Hört nur, wie die Frau Prack aufschreit: „Scho' wieder a' Aufg'hängter!" und samt ihrem Wäschekorb davonrennt. Dann rollt er sich geschickt ab, löst das Seil aus den Verankerungen, schlüpft in seine Schuhe und schleicht hinaus in den Hof und auf die Straße.

Die Grete schaut sich die Augen aus dem Kopf, starrt auf die Leinwand und versucht unter den Hunderten deutscher Soldaten den Kroni ausfindig zu machen. In der „Wochenschau" zeigen sie einen Bericht über das Gastspiel des Salzburger Marionettentheaters bei den Frontsoldaten in Norwegen. Ein paarmal ist sich die Grete sicher, dass das der Kroni ist, der da begeistert zuschaut und applaudiert. Dass das einfach der Kroni sein muss! Aber die Kammerlander Anni meint bloß: „Die schauen alle gleich aus." So männernärrisch und gleichzeitig so blind, denkt Grete Schöner. Der Kroni muss ja irgendwo ganz vorne sitzen, immerhin hat er das Eiserne Kreuz Zweiter Klasse von Hermann Göring persönlich überreicht bekommen!

„Ich hätt ihm nicht einmal die blecherne Kupferlippe verliehen", murmelt die Anni im Dunkel des Kinosaales. „Der küsst ja wie ein Priesterschüler!"

Aber dann, bevor die Grete sich aufregen kann, ruft die Kammerlander Anni, dass das nur ein Scherz gewesen sei und dass sie, Ehrenwort!, nie was mit dem Kroni gehabt habe. Und im „Gabler" neulich schon gar nicht. „Der ist nicht mein Kaliber, meine Süße", sagt sie und küsst die Grete schmatzend auf die Wange.

„Ruhe da hinten!"

Die anderen wollen sich auf die Soldaten und das Gastspiel der Marionetten konzentrieren. Jetzt sieht man, wie im „Wochenschau"-Bericht eine aparte Dame das neue Regiments-Motorboot tauft, indem sie eine Schampusflasche am Schiffsbug zertrümmert, während die Lautsprecherstimme voller Stolz verkündet: „Patin konnte natürlich nur eine deutsche Frau sein, die Frau des Direktors der berühmten Salzburger Marionetten."

Dann endlich der Film, auf den die Grete so sehnlich gewartet hat. Die Anni hört nicht zu quatschen auf. „Blecherne Kupferlippe ist gut, oder?"

„Ruhe da hinten!"

„Ruhe in Frieden da vorne!"

Mit der Kammerlander Anni ist es manchmal sehr peinlich. Was die sich traut, würde sich Grete Schöner nie im Leben trauen. Muss man auch nicht.

Dass die Leander für die Maria Stuart viel zu fett sei, meint die Anni, was die Grete entschieden zurückweist. „Die ist doch nicht fett!"

„Die ist fett, weil sie von einem Fest zum anderen geht", sagt die Kammerlander Anni.

„Ruhe da hinten!"

„In Ewigkeit Amen! Beim Hitler, beim Göring, beim Goebbels", flüstert sie, „überall wo gefeiert wird, ist die Zarah Leander dabei!"

„Das ist eine Lüge!", flüstert die Grete. „Die gibt ihre eigenen Feste. Da werden nur Männer eingelassen. Sie ist immer die einzige Frau!"

„Pervers, oder? Als einzige Frau unter lauter Männern!", sagt die Kammerlander Anni.

„Und die Männer müssen alle sehr groß sein, so zirka zwei Meter", flüstert Grete Schöner, „hab ich in der ‚Illustrierten‘ gelesen."

„Glaubst du, ich hab das nicht gelesen? Und dann frisst sie mit den Männern Hummer, Kaviar und Austern und säuft Champagner und Aquavit! Da muss man einfach fett werden! Außerdem: so richtig schlank war sie ja nie!"

„Himmeldonnerwetter, Ruhe!"

Grete Schöner wischt sich ein paar Tränen aus den Augenwinkeln, mit dem parfümierten Taschentuch; jetzt brennen die Augen noch mehr.

„Heulst du schon wieder?"

„Nein", flüstert die Grete und heult.

„Wegen der fetten Leander?"

„Wegen dem Kind in der Wiege, und jetzt sei bitte still, ich will das Lied hören!"

Die Kammerlander Anni zieht eine Bonbontüte aus der Handtasche und raschelt damit, als müsste sie eine Kompanie Soldaten nach viel zu kurzem Schlaf aufwecken.

„Du bist so gemein!"

„Steige in das Schiff, mein Kind ... du musst schlafen, schlafen ..." Die Grete reibt sich mit den Finger-knöcheln die Augen trocken.

„Die säuft alle Männer unter den Tisch, hab ich ge-lesen!"

„Na und?", zischt ihr die Grete zu. „Das machst du doch auch, oder nicht?"

„Also, das ist die Höhe! Und du willst meine beste Freundin sein!?" Jetzt ist die Kammerlander Anni ein-geschnappt, aber nur fünf Minuten lang. „Die Lean-der", sagt sie, „macht vor jedem Film eine Abmage-rungskur. Wie man sieht, hilft das auch nicht!"

„Ruhe! Ruhe! Ruhe!"

Aber jetzt wird Maria Stuart ohnehin schon zum Schafott geführt, und Grete Schöner setzt sich im Kino noch die Sonnenbrille auf.

La Jana! Ich hab ihr Grab gefunden auf dem Waldfriedhof Dahlem. War gar nicht so leicht. Auch so eine aus Deiner Künstlerkartenkartei. Die Leander, Grete Weiser, der Albach-Retty, die Söderbaum, La Jana. Hat sich den Tod geholt bei einer Wehrmachtstournee, Truppenbetreuung. Tritt vor den Soldaten auf und holt sich den Tod. Lungenentzündung. Oder von der SS ermordet, weil sie jüdischen Theaterkollegen die Flucht aus Deutschland ermöglicht hat, haben soll. „Verkörperte den nicht-arischen Typ Frau" und so weiter. Hans Albers hat sie ... soll sie ... und Charlie Chaplin. Und Goebbels. Kaum ist einer tot, werden Geschichten erfunden. Erzählt, erfunden. Der erste Tag nach dem Tod fälscht schon das vorherige Leben. In „Truxa" hast Du sie gesehen, sonst hättest Du nicht „Truxa" auf die Rückseite der Künstlerkarte geschrieben. 1940 gestorben, im März, ein paar Monate, bevor Dein Tagebuch beginnt.

Erich Mühsam hab ich auch gefunden. Nicht gleich. „Juhnke könnte ich Ihnen zeigen", hat einer gesagt. „Wir übergeben dem Feuer die Bücher von Erich Mühsam, dem Anarchisten, politischen Aktivisten, Kommunisten, Pazifisten, Juden ...!" 1933 von den Nazis verhaftet, 1934 im KZ Oranienburg von der SS ermordet. Totgeschlagen und dann auf dem Abtritt aufgehängt. In der Zeitung stand: „Der Jude Erich Mühsam hat sich in der Schutzhaft erhängt." Auf dem Grabstein steht: „ermordet".

Hab ich nicht gewusst, kannst Du doch nicht gewusst haben, haben viele nicht gewusst, man würde ja verrückt, wenn man alles wüsste.

Dass er für einen Circus Clownszenen geschrieben hat, als 15-Jähriger, hätte den Werner interessiert, obwohl dem die Reiterinnen und die Seiltänzerinnen immer wichtiger waren als die Clowns.

Hab beim Trödler neben „Julchen Hoppe" eine Künstlerkarte „La Jana" gefunden. Sie in der Schlangentänzerpose, die ich aus Deiner Kartei kenne. Ich schreibe meine eigene Adresse drauf, die in Salzburg. Und als Grußtext: „Sehr geehrter Herr! Danke, dass Sie so freundlich waren, mein Grab zu besuchen. Übrigens: wussten Sie, dass ich da gar nicht drin liege?"

„Die Bekämpfung der Ratten ist Pflicht jedes Volksgenossen. Die Ratte ist ein Schädling, der ...“

Da betritt die Frau Kremsmayer, Roberts Mutter, die Setzerei. Der Herr Lutz, der sich selbst an eine Maschine gehockt hat, weil jetzt auch noch der Konrad krank geworden ist und der Robert fehlt, springt von seinem Pultstuhl auf und geht raschen Schrittes auf die Frau Kremsmayer zu. Bietet ihr einen Schreibtischsessel an. „Werner, lauf mal rüber, die Hella soll 'nen Kaffee bringen!“
Werner Schöner sprintet bei der Eisentüre hinaus in die Redaktion und im nächsten Augenblick ist er auch schon wieder zurück. Jetzt stehen sie alle rund um den Schreibtisch, sechs Männer mit nackten Oberkörpern, keine Heiligen allesamt, aber in diesem Moment sind sie scheu wie 16-Jährige nach dem ersten Kuss.
Irgendwer habe ihm, dem Robert, ihrem Sohn, von einem Hund erzählt, den die Polizei mitgenommen hat und von einem geistig zurückgebliebenen Mädchen, für das eine Welt zusammengebrochen ist. So hat es der Robert jedenfalls verstanden. Und weil der Robert, auch wenn er ein rechter Rabauke sein kann, ein großes Herz hat, hat er nachgeforscht und rausgefunden, in welchem Polizei-Hundezwinger dieses Tier in Verwahrung ist.
Dann hat er sich hingeschlichen, mitten in der Nacht, ganz allein, hat das Gitter mit einer Zange aufgezwickt und den Hund schon am Halsband. Da taucht

auf einmal ein Polizist auf, und der Robert, ihr Sohn, der keiner Fliege was zuleide tun kann, boxt dem Polizisten „mit voller Wucht", hat der Polizist zu Protokoll gegeben, ins Gesicht.

Der Robert will mit dem Hund natürlich abhauen. Aber der Polizist erwischt ihn grad noch am Handgelenk, drückt ihn zu Boden, dreht ihm die Arme auf den Rücken. Und schon hat er die Handschellen dran. Jetzt bellt der Ralph, der zuvor mucksmäuschenstill gewesen ist, wie verrückt, bis zwei weitere Polizisten auftauchen und Robert Kremsmayer, als wäre er ein Schwerverbrecher, abführen.

Als sie schon in der Tür zur Arrestantenkammer stehen, ruft sie der nur leicht aus der Nase blutende Polizist zurück. Und zum Robert sagt er: „Schau her, Ganove! Das hast du davon! Schau her!" Dann schießt er dem Ralph dreimal mit der Pistole ins Genick.

Die Hella, der Sonnenschein, huscht samt einem kleinen Tablett mit der Kaffeekanne und zwei Bechern drauf in die Setzerei und stellt alles auf dem Schreibtisch des Herrn Lutz ab. Die Männer ziehen sich wortlos zurück an ihre Maschinen, auch Werner Schöner.

Die Frau Kremsmayer weint nicht. Sie hat zwei Tage und drei Nächte geweint, jetzt hat sie keine Tränen mehr; der Herr Lutz legt seine Hand auf ihre Schulter, ganz sachte, und schüttelt nur den Kopf. Die Hella will nicht stören, schaut kurz zu ihrem Werner rüber, aber der putzt sich grad die Nase und dann tippt er auf der Maschine.

Hella Sachs, die keine Ahnung hat, worum es geht, trippelt mit kleinen Schritten, als würde sie über ein Drahtseil gehen müssen, raus aus der Setzerei.

„... durch seine ungemein starke Vermehrung, sein Nahrungsbedürfnis und seine Nagetätigkeit dem Volksvermögen schwere Einbußen zufügt. Ab kommenden Montag, 2. Dezember, läuft auch bei uns eine solche Rattenbekämpfung."

Ein Lebkuchen mit einem aufgeklebten Papierkrampus vorne drauf, ein Foto im silberfarbenen Blechrahmen und ein Briefbogen.

Grete Schöner stellt Krampuspäckchen zusammen, für den Herbert Willi und für den Kroni. Das Foto zeigt sie, die Grete, im dunkelblauen Samtkleid, eine Rosenbrosche am Dekolleté, sehr romantischer Blick in die Ferne. Die Bilder hat sie grad beim „Foto Knoll" abgeholt. Der alte Herr Knoll war ganz begeistert. „Das schönste Porträtfoto, das ich je gemacht habe!", hat er gesagt, beim Überreichen der postkartengroßen Bilder. Aber seine Frau hat die Augen verdreht und gemeint: „Das behauptet er jedesmal!"

Jetzt der Brief. „Mein lieber Freund Herbert ..."

Dann legt sie, bevor sie auch nur einen Buchstaben geschrieben hat, die Feder wieder weg, geht zum Grammophon, kurbelt kräftig, schwenkt den Tonarm und setzt die Nadel in die erste Rille der Platte, die seit einer halben Stunde auf dem Teller liegt und die sie schon achtmal hintereinander gehört hat. „Hörst du mein heimliches Rufen ..."

„Mein lieber Freund Herbert…"

Die Mutter klopft an die Tür zum Kabinett, das macht sie sonst nicht. Jetzt steht sie im Zimmer und fragt, ob sie sich setzen darf. Hat sie auch noch nie gefragt.

Die Grete will den Tonarm von der Platte schwenken, aber die Mutter meint: „Lass nur! Schön!"

Die Mutter ist so anders als sonst, druckst herum, setzt sich auf Werners Bett und dann sagt sie: „Ich bin fast 40."

„Ja und?"

„Es ist so … also, der Franz und ich … wir bekommen ein Kind. Ganz sicher ist es nicht, aber ziemlich."

Der Grete verschlägt es die Sprache. „Ein Kind? Du, Mutter? Mit fast 40?"

„Die Frühwirth von der Arbeiterfront hat mit 42 ihren ersten Buben bekommen, mit 44 ihren zweiten! Aber, wie gesagt, so ganz sicher…"

„War die rosa Tante nicht zu Besuch?", fragt die Grete und ist selber über den Satz überrascht.

„Die rosa Tante? Wo hast du diesen Blödsinn her?! Von der Kammerlander Anni, stimmt's?"

„Nein, von der Neulinger."

„Eine feine Chefin hast du!"

Grete Schöner startet von neuem die Platte. „… hast du heute Nacht auch lieb an mich gedacht…"

Dann schreibt sie weiter an ihrem Brief an Herbert Willi.

Plötzlich hebt sie den Kopf, schaut zur Mutter rüber und meint, ein bisschen kokett: „Das heißt, wenn ich

demnächst ein Kind kriege, dann sind die beiden ...
wie sind die dann miteinander verwandt, Mutter?
Dann ist dein Sohn der Onkel von meiner ..."

„Du kriegst auch ...?"

„Nein. Aber wenn. Man weiß ja nie!"

Der Brief an Herbert ist fast fertig. „Zum Schluss
noch eine ganz große Neuigkeit! Stell dir vor, liebster
Herbert, ich krieg einen Bruder. Oder eine Schwester.
In meinem Alter! Noch nicht ganz sicher, aber so gut
wie. Dabei ist die Mutter schon fast 40! Da kann ich
dann schon üben für später, für mich und meine eigenen künftigen Kinderlein. Vergiss mich nicht und
schreib mir bald, deine treue Freundin Grete."

Jetzt ist das Krampuspäckchen für den Kroni dran.
Der Lebkuchenkrampus, das gerahmte Foto und der
Brief.

Eine andere Platte? Nein, wieder dieselbe!

„Nächste Woche", erzählt die Mutter, „bin ich beim
Doktor Dohringer. Dann weiß man Genaues."

„Würdest du dich freuen, Mutter?"

„Schon."

„Und der Franz?"

„Der weiß ja noch nichts. Aber freuen würde er sich
bestimmt. Wenn's ein Bub wird ..."

„Und der Vater?"

„Den geht das nichts an."

Dann streichelt die Mutter der Grete zärtlich übers
Haar, wie sie es lang, sehr lang nicht mehr getan hat.
Und die Grete deckt mit ihren Armen den Brief an
den Kroni zu.

„Wenn es ein Bub wird, dann soll er Walther heißen",
sagt die Mutter und lässt die Grete mit ihren Krampuspäckchen und ihren Briefen allein.
Noch einmal die Platte.
„... zum Schluss noch eine ganz große Neuigkeit!
Stell dir vor, liebster Kroni, ich krieg einen Bruder.
Oder eine Schwester. In meinem Alter..."

Die Hella hat dem Werner ein Päckchen mitgebracht,
zum Rendezvous im Café Pitter.
„Und ich hab nichts", sagt er und schämt sich. „Darf
ich es aufmachen?"
Das Päckchen ist so groß, dass eine Blockflöte darin
Platz hätte. „Eine... Flöte?"
„Keine Flöte!"
„Eine Fahrradpumpe?"
„Nein!"
Natürlich nicht, denkt Werner Schöner, für eine
Fahrradpumpe ist das Päckchen viel zu leicht. Was
ganz was Leichtes also. Jetzt fällt ihm etwas ein,
aber er sagt es nicht. Das wäre zu schön, denkt
er. Und wenn es dann doch etwas ganz anderes
ist...
„Na, was könnte das sein?"
„Vielleicht...", er weiß, dass es das ganz sicher nicht
ist, „ein Rasierpinsel!"
„Wehe, du nimmst das als Rasierpinsel!", droht die
Hella und lächelt dabei dieses Lächeln, das er so liebt.
„Also los, pack endlich aus!"
Werner Schöner löst, so vorsichtig er kann, die Bänd-

chen von der Schachtel und rollt sie über den Zeigefinger auf. Dann zieht er den Deckel hoch.

„Mein Zopf!", ruft Hella Sachs, weil er so dreinschaut, als hätte er soeben den Schatz der Azteken
entdeckt.

Werner Schöner küsst seine Hella sehr lange auf den
Mund, dass sich die Serviererin schon auffallend laut
räuspert. Da lassen sie von einander los, sitzen beisammen, trinken Wermuth, essen Käsekuchen und
halten einander fest an den Händen.

Werner Schöner nimmt Hellas Zopf, klemmt ihn sich
unter die Nase und drückt ihn mit der Oberlippe fest.
Aber das funktioniert nicht, und es kommt ihm in derselben Sekunde sehr albern vor.

Jetzt müsste er der Hella das größte Liebesgeständnis
aller Zeiten machen, aber er sagt, als würde sein Mädchen nur auf diesen einen Satz warten: „Den Ralph
haben sie erschossen!"

Die „beklopfte Lisa" tritt den Wasti mit dem Regen-
stiefel. Der taumelt zurück, winselt nur ein bisschen,
dann hockt er auch schon wieder vor Lisas Füßen.
Der nächste Tritt, das gleiche Spiel. Winselt ein bisschen, wird wieder getreten.

„Ratte Hund!", brüllt Lisa. „Du Ratte Hund!" So
laut, dass man es im ganzen Haus hören kann.

„Ruhe, verdammt noch mal!", brüllt der 2. Franz,
und auch ihn kann man im ganzen Haus hören. Es ist
Sonntag, mittag, und da ist allen die Ruhe heilig. Dem
2. Franz vor allem. Er hat sich auf die Küchenbank

gelegt, aber den linken Fuß hat er auf der Tischplatte, samt dem festen Halbschuh, eine Handbreit neben dem Mittagsgeschirr.

Die Marie mag das gar nicht, wenn jemand die Füße auf den Tisch legt. Wenn der Werner das tut, gibt es jedesmal eine Strafpredigt. Jetzt trägt sie die Teller zur Waschschüssel; den Franz lässt sie in Ruhe. Manchmal ist es besser, wenn man ihn in Ruhe lässt.

Der Franz liegt auf der Bank, den linken Fuß auf der Tischplatte, und hat sich eine Zigarette angesteckt. „Das war der letzte Eintopf in meinem Leben", sagt er.

„Ist gut", sagt die Mutter und scheuert die Teller und das Besteck sauber.

„Weißt du, wen ich heute getroffen habe, auf der Promenadenbank beim Müllner Steg?"

„Da hab ich keine Ahnung!", sagt die Marie und denkt an den Vater ihrer Kinder.

„Den Vater deiner Kinder", ruft der Franz und zieht wieder an der „Egyptischen". „Weißt du, was er mir erzählt hat?"

„Woher soll ich das wissen?"

Der 2. Franz ist abrupt von der Küchenbank aufgesprungen, jetzt steht er hinter der Marie und packt sie am Arm. „Dass wir beide ein Kind kriegen, hat er mir erzählt!"

Die Marie schaut dem Franz nicht in die Augen, auch wenn er sie am Kinn fasst und ihren Kopf nach oben dreht. „Dass wir beide, du und ich, ein Kind kriegen!"

„Woher weiß er das …"

„Die Frage muss anders lauten", zischt der Franz. „Warum weiß i c h das nicht!"

Marie Schöner legt den Teller in die Waschschüssel zurück und reibt die Hände an ihrer Schürze trocken. „Ich hab ihm kein Sterbenswörtchen gesagt", beteuert sie, „du weißt, dass ich keinen Kontakt mit ihm habe."

Der Franz ist wütend. „Hat ihm der Heilige Geist das geflüstert? Oder steht es schon in der Zeitung, und nur ich Idiot hab nichts mitgekriegt?!"

„Es ist ja nur eine Vermutung, in ein paar Tagen weiß ich mehr", sagt die Marie kleinlaut. „Und wenn … du würdest dich doch auch freuen? Wir würden ihn Walther nennen …"

„Wieso weiß der Franz das und ich nicht?!"

Die Marie kann wirklich nicht wissen, dass die Grete den Vater besucht hat, um sich für die Ziehharmonika zu bedanken und dass ihr, als sich der Vater nach dem Befinden der Marie erkundigt hat, das mit dem Kind, dem möglichen Kind, denn Genaueres wisse man ja noch gar nicht, einfach so herausgerutscht ist. „Und jetzt noch eine ganz große Neuigkeit: stell dir vor …"

„Du würdest dich doch freuen, Franz?!"

„Walther … hast du gesagt?"

„Walther."

„Woher weiß er das?!"

Jetzt ist es eins, Gott sei Dank, und im Radio beginnt die Direktübertragung aus Berlin. Das fünfzigste Wehrmachts-Wunschkonzert. Heute soll sogar der Goebbels reden und der General Dietl von den Gebirgsjägern in Norwegen! „Über dein Kind … über den Walther sprechen wir nachher", sagt der Franz, und es klingt einen Hauch versöhnlicher. Jetzt spielen sie den „Marsch der Bombenflieger".

„Du Ratte Hund! Ratte, Ratte Hund!!!"
„Ruhe!!! Oder ich hol die Polizei!"

Grete Schöner und die Kammerlander Anni sitzen im „Gabler" und hören „Wunschkonzert". Im „Gabler" gibt es die besten Radiolautsprecher der Stadt, und außerdem, behauptet die Anni, kommen da immer die feschesten Burschen vorbei.
„Dieses Gequatsche", meint die Grete, sie wartet ja nur auf die Musik. Aber vorher wird geredet und geredet. Ach, diese elendslangen Begrüßungen … wer aller da ist: der Gauleiter Sowieso und der Oberbefehlshaber Wasweißich und der Dings und der General der Artillerie Jodl. Den Namen merkt sich die Grete, weil die Kammerlander Anni, kindisch wie sie ist, sofort einen rauhen, unmusikalischen Jodler loslässt, worauf sich die anderen Gäste im „Gablerbräu" vorwurfsvoll nach den beiden Mädels umdrehen.
Mit der Anni muss man sich immer genieren. Jetzt spielt irgendwer was aus der Oper „Lohengrin", und die Anni wirft einem Soldaten drei Tische weiter ein paar schmachtende Blicke zu. „Den blinzel ich uns her!", sagt sie, aber der Soldat schaut hinauf Richtung Volksempfänger, als gäbe es da was noch viel Schöneres als die Anni zu sehen.

Gerede, Gerede, Gerede. Ein Vertreter des Reichs-
kriegerbundes überbringt eine Spende von 350.000
Reichsmark und ruft mit bebender Stimme: „Die
sollen den neugeborenen Soldatenkindern als je
50-Mark-Spende auf Sparkassenbücher übertragen
werden!"

„Und der Walther? Kriegt der auch eine 50-Mark-
Spende aufs Sparbuch?"
„Und wenn es eine Waltraud wird?"
Der Franz bläst den Zigarettenrauch heftig in die
Luft. „Es wird ein Walther. Sonst nichts."

*„Runter von den Stelen!" Es muss ein Scheißjob sein. Alle drei-
ßig Sekunden klettert wer auf die Granitblöcke am Holocaust-
Gedenkplatz. Und der Aufseher rennt von einer Ermahnung zur
nächsten. Jetzt hat es 32 Grad ohne Schatten, und sein Kopf ist
knallrot. Schatten gibt's nur zwischen den Quadern, in den
schmalen Gängen. Da darf er nicht hin, er muss die Übersicht
bewahren. Runter von den Stelen, denkt er sich, dreht sich um
und zündet sich die nächste Zigarette an.*

„Der Kaiserwalzer!", ruft die Grete, endlich Musik,
es dirigiert Herbert von Karajan. „Den möchte ich
auch einmal spielen können, auf der Ziehharmonika!"
„Wieso schaut dieser Schafskopf von Soldat auf einmal nicht mehr her!", sagt die Kammerlander Anni.
„Was meinst du – soll ich ihn holen?"
„Untersteh dich!"

Jetzt ist der Goebbels dran. „Ich spreche im Namen der Millionen Arbeiter und Arbeiterinnen, die für die Front die Waffen schmieden …"

Die Kammerlander Anni – die Grete hat das gar nicht mitbekommen – sitzt tatsächlich drüben am Tisch mit dem Soldaten, aber nach ganz kurzer Zeit kommt sie wieder zurück. „Pfeife!", sagt sie und schüttelt verächtlich den Kopf. „Ich glaub, der mag keine Mädels!"

„Ich spreche im Namen der Millionen Mädchen und Frauen", sagt der Propagandaminister, „die gern und willig alle Sorgen und Lasten des Krieges auf sich nehmen und nur von dem einen Wunsch beseelt sind …"

„… dass uns jemand auf ein Glas Wein einlädt!", ruft die Kammerlander Anni. Und jetzt kommt auch schon der Oberkellner auf die Mädchen zu und weist ihnen unmissverständlich den Weg zur Tür.

„Ich sag eh nichts mehr!", ruft die Anni. „Ehrenwort!"

Aber der Oberkellner kennt kein Pardon und zieht die Tür hinter den beiden zu.

„Blöde Kuh!", zischt die Grete. „Wo hören wir jetzt die Zarah Leander und die Rökk und die Rosita Serrano?!"

„Das Wunschkonzert soll für das ganze deutsche Volk eine Mahnung und ein Ansporn sein", immer noch Goebbels, und die Hella möchte dem Werner etwas Wichtiges zeigen, aber der Werner legt den Finger an die Lippen. „… sich nicht von den Widrigkeiten des Alltags unterkriegen zu lassen, sondern mutig und erhobenen Hauptes …"

Sie sitzen in der Wohnküche der Familie Sachs, die Mutter ist mit dem Fahrrad raus gefahren, auf den Friedhof, ans Grab ihrer Eltern. Sie fährt jetzt oft hinaus, dort kann sie besser beten für den Gustav, ihren Mann, den Vater von der Hella, der vielleicht schon tot ist.

„Einmal wird die Stunde kommen", ruft Goebbels, „da auch der letzte uns verbliebene Feind, England, fällt. Bis dahin aber wollen wir kämpfen und arbeiten und auch unsere geistigen und seelischen Kräfte stählen. Humor und Musik sind dabei die besten Helfer." Dann dankt er auch noch „den Dichtern und Komponisten der zündenden Volkskriegsweisen".

Helge Rosvaenge hat das Preislied aus den „Meistersingern" vorgetragen, Jamila Ksirova vom Admiralspalast das Vilja-Lied. Der 2. Franz liegt noch immer auf der Küchenbank, den Fuß auf der Tischplatte. Wenn der Dietl redet, soll ihn die Marie aufwecken. Sie will ihm ein Kissen unter den Kopf schieben, aber das braucht er nicht. Einer, der im Lastwagen schläft, dem genügt eine Holzbank beim Küchentisch, auch am Sonntag.

„Ist doch immer der gleiche Schmus", sagt die Kammerlander Anni, um die Grete zu trösten, und hakt sich bei ihr unter. „Ich grüße meinen Schatz, der gerade in Norwegen im Kampfeinsatz steht. Lieber Lois, dein Baby ist vor einer Woche zur Welt gekommen. Ein Bub. Wir nennen ihn Loisi. Er hat deine Augen. Und deine hässliche Nase! Ich küsse dich vieltausendmal auf den Schwanz, mein Held … blablabla … und dann singt die fette Leander!"

Die Grete reißt sich von der Anni los. „Weiß du überhaupt, was du da redest?!" Aber da hat die Kammerlander Anni schon ihren Arm um Gretes Hüften gelegt und sagt, mit kleiner Stimme: „Mir sind drei liebe Menschen in diesem Krieg abhanden gekommen, keine Affären, liebe Menschen. Zwei irgendwo verreckt, einer irgendwo verschollen. Ich schreib Briefe und krieg keine Antworten. Vielleicht lieg ich übermorgen auch schon draußen auf dem Kommunalfriedhof, im Hochzeitskleid von der Mutter, mit einer weißen Lilie in den Händen. Ist mir ziemlich egal. Solange ich lebe, möchte ich leben. Verstehst du das, meine Süße?"

„Nein", flüstert Grete Schöner, „aber ich hab dich sehr, sehr lieb!"

So spazieren sie, dicke Freundinnen, zurück zum „Gabler", schleichen auf Zehenspitzen, ohne dass jemand sie entdeckt, in den Gastraum, hocken sich an den freien Tisch im Eck, wo's zu den Toiletten geht. Und jetzt singt Rosita Serrano „How do you do".

„Englischen Scheiß singt die!", ruft einer im Halbdunkel des Lokals. Die Anni setzt zu einer Gegenrede an, aber die Grete hält ihr den Mund zu.

„Ich find's hübsch", ruft ein anderer.

„Warum singt sie nicht ‚Roter Mohn‘?", fragt die Grete die Anni, „oder ‚Küss mich, bitte, bitte, küss mich‘?"

„Du unverbesserliche Romantikerin!", flüstert die Kammerlander Anni der Grete Schöner zu und beißt ihr unvermutet ins Ohrläppchen.

„Eine Chilenin, die Englisch singt! Ist das ein deutsches Wunschkonzert oder nicht?"

Im „Gabler" entsteht Unruhe.

„Das ist doch eine Parodie auf die Engländer!", schreit einer, „kapiert ihr Trotteln das nicht?! How do you do! Die reinste Gesichtsmuskelverrenkung! Genau das kommt heraus, wenn man in diesem Scheiß-England vegetieren muss!"

„Das Lied stammt aus einem Theaterstück, ihr Banausen! ‚Salzburger Nockerl‘."

„Außerdem singt sie ja nicht nur Englisch, sondern auch Französisch …"

„Noch besser! Scheiß-Franzosen!"

„… und vor allem Deutsch, sperrt eure Ohren auf!"

„Scheiß bleibt Scheiß!"

Gelächter. „Ruhe"-Rufe. Der Chef vom „Gabler" schreit: „Halt's die Gosch'n! Sonst schalt ich ganz ab!" Aber da ist das Lied ohnehin zu Ende, und aus dem Volksempfänger, aus dem Haus des Rundfunks in Berlin, dringt Höflichkeitsapplaus.

„Jetzt kommt gleich der Dietl", ruft einer und bestellt bei der Kellnerin ein Bier. Allgemeines Bestellen. Als der Oberkellner an den Tisch beim Toiletteneck kommt und die Anni und die Grete entdeckt, bleibt er stehen, ganz ruhig, ein paar Sekunden lang, als müsste er nachdenken. Rausschmeißen! Aber er sagt: „Und für die Damen?"

„Zwei Wermuth! Und ein Bier für Sie!", ruft die Anni und funkelt mit den Augen wie die fette Leander.

„Franz, aufwachen!"
Die Marie muss Ihren Liebsten so fest schütteln, dass ihm der Fuß vom Tisch rutscht und der Franz dabei fast von der Küchenbank fällt. „Der Dietl spricht!"

Die Hella hat dem Werner grad einen Briefbogen in die Hand gedrückt, aber der legt ihn, ohne hinzuschauen, weg und sagt: „Gleich! Jetzt spricht der Dietl!"

„General Dietl, der Held von Narvik", so wird er angekündigt. Und dann dankt er via Radio der Heimat und dem deutschen Rundfunk, dem Mittler zwischen Front und Heimat. „Ich als Kämpfer aus dem äußersten Norden", sagt er ins Mikrophon, „darf Ihnen die Versicherung geben: der Rundfunk hat stets die Seele der Front mit der Seele der Heimat verbunden! Diese innere Verbundenheit, dieses innere Band, ist das Geheimnis des Sieges!"

In Berlin wird frenetisch applaudiert, im „Gabler" in Salzburg mindestens genauso. Nur die Kammerlander Anni ist unmöglich wie immer. „Mein inneres Band sagt mir, ich muss aufs Klo!"

Man geht über kleine rostige Stahlblechscheiben. Draußen brennt die Sonne vom Himmel, und ich gehe über kleine rostige Stahl-blechscheiben, die wie Gesichter ausschauen, Augen, Nase, Mund, grob ausgefräst, wie Diskusscheiben für Kinderhände. Tausende übereinander. Shalechet, gefallenes Laub. Es klirrt und scheppert, wenn man über die Stahlblech-Gesichter im Jüdischen Museum geht. Man tritt in Gesichter. Man geht wie besoffen. Wenn man nicht aufpasst, verknackst man sich die Knöchel.

„Mit dem Werner", meint der 2. Franz, „muss ich in die Berge, auch wenn es schneit. Der muss den Wind spüren! Und die Gefahr lieben lernen! Ein Gebirgs-jäger scheißt sich nicht in die Hosen! Der Werner kre-piert ja schon im Winterlager, wenn er sich die Schier anschnallen muss!"
Die Marie sagt gar nichts. Gar nichts sagen ist das Beste, wenn der Franz in Rage kommt.
„Was soll der in Kufstein, in der Kaserne! Oder gar an der Front?! Man müsste seinen Vater vor ein Kriegsgericht stellen. Verweichlichung von vorn bis hinten!"
Die Marie sagt noch immer nichts, so sehr sie ihren Werner liebt. Natürlich ist ihm der 1. Franz, der Vater, kein Vorbild gewesen. Der hat sich immer gleich aus dem Staub gemacht, hat in die Sterne geschaut und nicht in die Aufmarschpläne. Jetzt hat der Werner das davon! Gut, dass es den 2. Franz gibt. Denkt die Marie. Hoffentlich geht alles gut. Es muss einfach alles gut gehen.

„Wir Frontsoldaten werden bis zum Endsieg kämpfen", sagt der Dietl, „bis das Glück des deutschen Volkes und der deutschen Nation sichergestellt sind!" Riesenapplaus! Jetzt singt der Chor der Heeresunteroffiziersschule „... denn wir fahren, denn wir fahren, denn wir fahren gegen Engelland, Engelland, a-hoi!" Frenetischer Jubel. „Heil!"-Rufe. Im Volksempfänger, im „Gabler". Dann die Absage: „Das war also das 50. Wehrmachts-Wunschkonzert, direkt übertragen aus dem Haus des deutschen Rundfunks in Berlin ..."

„Ein Brief?", fragt Werner Schöner, „für mich?", und will seiner Hella einen Kuss auf die Lippen drücken, aber sie dreht den Kopf zu Seite und sagt, so traurig, wie der Werner sie, die Hella, den Sonnenschein vom „Volksblatt", noch nie reden gehört hat: „für die Mutter."
„Von wem ist der Brief?"
Auf der Rückseite, in der letzten Zeile, steht ein Datum: 20. 11. 1940 und ein Name, aber den kann er nicht entziffern. „Oberleutnant" liest er und „Kompanieführer" und „Dienststelle 24010 C", Schreibmaschinenschrift, Blaupause, dritter Durchschlag mindestens.
Hellas Mutter hat einen Brief geschrieben, an diese Dienststelle, und zwar am 7. 11. 1940. Vor fast einem Monat, denkt Werner. Und jetzt antwortet also ein Kompanieführer. Aber er antwortet nicht wirklich, er stellt Fragen.

„Ich mach uns was zu trinken", sagt die Hella und geht in die Küche. Dass sie sich Tränen aus den Augen gewischt hat, sieht Werner Schöner nicht, er konzentriert sich ganz auf dieses Buchstabenmeer auf dem Briefblatt, das reinste Wirrwarr. Das „a" könnte auch ein „o" sein, manche Buchstaben muss man erraten. Mit einer simplen Nähnadel kann man den Tintendreck aus den Buchstaben kratzen, denkt Werner Schöner. Oder mit der Stahlbürste.

„… nun muss ich Sie, liebe, tapfere Frau Sachs, noch einmal mit einer Bitte belästigen. Das Oberkommando der Wehrmacht, Wehrmachtsauskunftsstelle, benötigt für die von dort zu veranlassenden Nachforschungen einige Angaben, die wohl am besten nur von Ihnen selbst gemacht werden können. Ich darf Sie daher bitten, mir nachstehend aufgeführte Fragepunkte, Ihren Mann, den Obergefreiten Gustav Sachs betreffend, zu beantworten.

Genaue Größe: …
Gestalt: …
Farbe und Wuchs des Kopfhaares: …
Zähne (Zahnlücken, Zahnersatz, Goldzähne): …
Besondere Kennzeichen an Knochen, natürliche oder durch Operation oder Unfälle usw. eingetretene Knochen- und Wirbelverbildungen oder Verkrümmungen (auch an Fingern und Zehen): …
Muttermale, Narben, Tätowierungen: …

Beschreibung und Kennzeichnung der Uhr, des Geldbeutels, des Taschenmessers, eines Zigarettenetuis, einer Brieftasche und deren vermutlicher Inhalt: …

Mit dem aufrichtigsten Wunsch, Ihnen, Frau Sachs, vielleicht doch noch irgendwann, nein: möglichst bald, eine positive Meldung schicken zu können, grüße ich Sie, zugleich im Namen meiner Kameraden in aufrichtigem Mitgefühl. Heil Hitler!"
„Vielleicht lebt er wirklich noch", murmelt Werner Schöner und fügt, eine Spur lauter, bestimmter hinzu: „Du, dein Vater lebt noch! Ich spür das!"
Jetzt dreht die Hella den Kopf nicht mehr zur Seite und drückt ihre Lippen auf seine Lippen, lange, als möchte sie nie mehr mit dem Küssen aufhören und zieht sie auch nicht zurück, als Werner Schöner seine Hand unter Hellas Pulli schiebt, wo sie jetzt zitternd, zitternd einen Weg sucht.

Wer hat den 1. Franz eingeladen?!? Die Marie ist fuchsteufelswild und will auf dem Absatz umdrehen, aber es ist die Hochzeitsfeier vom Heinz und von der Viehhauser Mitzi, und der Heinz ist immerhin Maries Bruder.
„Geht's dir gut?", fragt der Franz und streckt der Marie die Hand entgegen.
„Jetzt nicht mehr", schnaubt sie, außer sich vor Wut, und lässt seine Hand Hand sein.
Die ganze Großfamilie hat sich versammelt, auch die anderen Geschwister vom Heinz und der Marie, der

Theo, der Oskar mit ihren Frauen und Kindern, die Rosi mit ihrem Verlobten, der aus Prag gekommen ist. Und die Verwandtschaft von der Viehhauser Mitzi.

Am Vormittag bei der Trauung am Standesamt waren nur die Brautleute und ihre Trauzeugen anwesend, jetzt in der Extrastube im „Stern", sind es gut und gern fünfzig Menschen. Auch der Werner und die Grete und diverse Cousins und Cousinen. Und der falsche Franz. Der richtige, der 2. Franz, den die Kinder Vater nennen sollen, zumindest Stiefvater, obwohl er und die Mutter gar nicht verheiratet sind, wird sich verspäten. Aber er wird kommen. Und wenn er den 1. Franz sieht, im Gespräch mit der Marie und den Kindern, kann schon sein, dass er dann rabiat wird.

„Schmeiß den Franz raus", fleht die Marie, aber der Heinz denkt nicht daran. „Das ist meine Hochzeit, liebe Schwester! Wie lang seid ihr verheiratet gewesen?"

„Nicht einmal... zwanzig Jahre, aber..."

„Zu uns war er immer nett. Ich mag ihn einfach. Mach uns bitte die Hochzeitsfeier nicht kaputt! Iss was, trink was! Mach dir nicht zu viele Gedanken!"

Dann drückt die Marie den Heinz ganz fest an sich, als wäre das ein Abschied. „Viel Glück, kleiner Bruder!"

Der Franz hat sich zu den Kindern gesetzt, und die Grete erzählt ihm voller Begeisterung von ihrem Ziehharmonikalehrer. Seit gestern hat sie endlich Unterrichtsstunden, und der Herr Silberschneider ist ein sehr sympathischer Mann. Ein richtiger Künstler! Der kann „Roter Mohn" auswendig spielen, zweistimmig, samt Begleitakkorden und mit ganz komplizierten Bassläufen!

„Und du?", fragt der Vater. „Wie spielst du?"

„Dass es der Sau graust", ruft der Werner und duckt auch schon ab, weil er weiß, dass ihn gleich das Schwesterlein in die Nase zwicken will. Das ist immer so, wenn er sie vorher geärgert hat, das spielen sie seit ewig. Die Grete erwischt die Nase vom Werner nie. Früher vielleicht, aber da war er ein Kind. Heute nicht mehr. Heute ist er einfach zu schnell beim Abducken.

„Ich nehm alles zurück", kichert der Bruder, weil ihn die Schwester in die Rippen stupst und am Bauch kitzelt.

„Kindsköpfe!", mahnt die Mutter und setzt sich zu den beiden. Und, notgedrungen, zum Franz.

„Er hat angefangen", verteidigt sich die Grete; jetzt kichert auch sie, weil der Werner sie am Bauch kitzelt und sie in die Rippen stupst.

Zwei Gläser klirren ein paarmal wie Christbaumglocken gegeneinander, bis es ruhig ist in der Extrastube im „Stern".

„Die Rede kommt später. Zuerst: Musik!", kündigt der Heinz, der frischgebackene Ehemann, an und klatscht in die Hände.

Die Combo, eine Ziehharmonika, eine Geige, ein Bass, fängt zu spielen an. „Hörst du mein heimliches Rufen", das Lieblingslied von der Mitzi, der Braut, die der Heinz unter dem Applaus der anderen auf die kleine Tanzfläche zwischen den Wirtshaustischen führt.

Er trägt seine Marineuniform, sie ein weißes, bis zu den Knöcheln reichendes Chiffonkleid mit hübschen seidenen Rosenköpfchen am Saum und am Dekolleté. Der Heinz knallt die Haken zusammen und macht eine kurze Verbeugung, die Mitzi einen kleinen Knicks und schon tanzen die beiden ihren Ehrentanz.

„Hörst du mein heimliches Rufen" ist ja auch das erklärte Lieblingslied von Grete Schöner. „Das ist ein langsamer Walzer! Da muss man sich viel enger aneinander schmiegen", murmelt sie.

„Woher weißt du das?", will die Mutter wissen.

„Von der Kammerlander Anni", antwortet die Grete kokett. „Und am Schluss – sagt die Kammerlander Anni – darf geküsst werden!"

„Den Scharfetter Ferdl hast du einmal ganz ohne langsamen Walzer geküsst", ruft der Werner. „Vor der Haustür!"

„Lüge!" Bevor noch die Mutter etwas sagen kann, zischt die Grete so laut, dass es alle am Tisch hören: „Und du hast einen blonden Zopf in der Hosentasche!"

Jetzt springt der Werner auf und verlässt wortlos den Raum.

„Der muss ganz sicher aufs Klo", sagt die Grete. „Hat ja auch schon zwei Bier getrunken!"

Vom Scharfetter Ferdl hat sie lange nichts mehr gehört. Sie wird ihm heute Nacht noch einen sehr romantischen Brief an seine Feldpostadresse schreiben.

„Dass ihr immer streiten müsst!", seufzt die Mutter. „Ihr seid doch erwachsene Menschen, warum muss …"

Aber da fällt der Franz, ihre beginnende Strafpredigt ignorierend, der Marie ins Wort, schaut sie an, als hätte er sie immer noch sehr gern: „Was hat der Doktor Dohringer gesagt?!"

„Marie, willst du mich heiraten?", ruft jetzt der Michl, der beste Freund vom Heinz, ein Bergkamerad, quer durch den halben Saal, „oder wenigstens mit mir tanzen?" Der Michl ist ein lustiges Haus, die Marie hakt sich bei ihm unter und läuft mit ihm auf die Tanzfläche, auf der mittlerweile ein ordentliches Getümmel herrscht. Dann holt auch noch der Erwin, einer der Cousins, die Grete zum Tanz.

„Na, Franz, was machen die Sterne?", fragt der Theo, der Schwager, der frühere Schwager, aber bevor der Franz noch was sagen kann, ist der Theo auch schon wieder weg. Der Franz sitzt ohnehin lieber allein bei seinem Bier. Vielleicht sollte er besser gleich gehen. Eine Schnapsidee, zu dieser Hochzeit zu kommen, denkt er und will schon aufstehen, aber da kehrt der Bub, der Werner, an den Tisch zurück.

„Du hast wirklich einen Zopf …"

„Blödsinn! Typischer Grete-Blödsinn!", unterbricht der Werner den Vater, während sich seine linke Hand in der Hosentasche mit Hellas Zopf spielt.

„Freust du dich aufs Winterlager?"

„Es geht", sagt der Werner. „Schifahrer bin ich kein guter!"

„Wird schon werden", meint der Vater. „Ich bring dir noch ein Kofferl vorbei, damit du nicht verhungerst!" „Ich schaff das schon!"

Der Erwin ist der langweiligste Bursche, den die Grete kennt. Mit dem kann man nur über das Wetter reden und das interessiert sie überhaupt nicht.

„Es riecht nach Schnee", murmelt er mitten in einem flotten Foxtrott.

„Ich hab gar nicht gewusst, dass du Schnee schwitzen kannst!", spottet Grete Schöner. Der Erwin lächelt wie über ein Kompliment. Der kapiert nichts, und die Grete denkt drei Tanzlieder lang nur an den Scharfetter Ferdl.

„Freust du dich auf dein Brüderlein …"

„Gibt keines", sagt der Bub. „Fehlalarm."

„Ich geh lieber", meint der Vater und tätschelt dem Werner mit seiner weichen, warmen Hand die Wange, bis sich der Sohn, dem diese Zärtlichkeit vor den anderen peinlich ist, wegdreht. „Sag der Grete, dass ich stolz auf sie bin. Wegen der Musik und überhaupt. Sie ist so eine wunderbare junge Frau geworden. Und du ein schneidiger junger Mann. Auf dich bin ich auch stolz. Pass nur immer auf auf dich. Kleine Schritte sind besser als große Sprünge, glaub mir. Und deiner Mutter sagst du … ach nichts."

Jetzt spielt die Combo einen lauten Tusch, und alle kehren an ihre Tische zurück.

Oskar Grundner hält die Festrede. Erzählt von seinem kleinen Bruder Heinz, der sich immer, weil er das jüngste von sechs Kindern, eines, der Rudi, ist bald nach der Geburt gestorben, von fünf Kindern also gewesen ist, vieles erlauben durfte und sich vieles erlaubt hat. Mehr als alle anderen zusammen. Gelächter. Zum Beispiel, erzählt der Bruder, als einmal ausnahmsweise irgendwer den Kindern eine heiß ersehnte große Tafel Schokolade schenkte und er, der Heinzi, der Dreikäsehoch, blitzschnell die Schokolade aus dem Stanniolpapier gewickelt und kräftig draufgespuckt hat, worauf keiner mehr, die Marie, die Rosl, der Theo und er, also der Oskar, Lust auf Schokolade hatten. Und er, der Heinz, die ganze Tafel allein aufaß. Großes Gelächter. Und der Heinz ruft: „Mit ein bisschen Spucke geht alles im Leben!"

Das letzte Mal hat sie den Scharfetter Ferdl Anfang September am Wallersee getroffen. Die Grete war mit der Kammerlander Anni und noch ein paar Freundinnen vom BDM mit den Fahrrädern rausgefahren. Schwimmen und Bootfahren, ein Grammophon an Bord, einfach himmlisch. Es war das letzte schöne Sommerwochenende.
Wie sie grad mit der Anni mitten auf dem See im Ruderboot liegt und sich sonnt, werden sie von einem anderen Ruderboot gerammt, nicht arg, aber so, dass die beiden Mädels heftig erschrecken. Im anderen Boot sitzen der Hochleitner Hans und der Ferdl. Sind auch zufällig an den Wallersee geradelt. Und ge-

rammt haben die beiden das Boot nur im Spaß. Dann sitzt, so schnell, dass man gar nicht schauen kann, die Kammerlander Anni beim Hans und der Scharfetter Ferdl bei der Grete im Boot. Die Burschen rudern so lang, bis die Schiffchen weit genug voneinander entfernt sind. Dass man nicht mitkriegt, ob da geküsst wird oder nicht. Im Boot von der Grete und vom Ferdl wird geküsst, aber ganz keusch.

„Jetzt freilich", sagt der Onkel Oskar in der Extrastube vom „Stern" mit feierlicher Stimme, „jetzt, in dieser großen, bedeutsamen Zeit, da unser Volk, da unsere tüchtige Wehrmacht dem Sieg so nahe ist, ist aus dem Frechdachs von einst, meinem kleinen Bruder, ein Marinesoldat geworden. Übernächste Woche heißt es: ab an den Atlantik! Schön, dass ihr geheiratet habt. Vielleicht geht sich ja in den paar Nächten bis zum Abmarsch noch ein strammer Nachkomme aus. Mitzi, tu, was du kannst, Heinz, ich hoffe, du weißt, was du zu tun hast!" Riesengelächter.
Grete Schöner denkt immer noch an den Scharfetter Ferdl. Und wer betritt plötzlich, mitten in der Festrede, das Extrastüberl? Nicht der Ferdl, sondern dem Ferdl sein Onkel, der Hannes. Er hat sich wohl im Saal geirrt, das hier ist eine geschlossene Gesellschaft, und niemand außer der Grete kennt den Herrn Hannes. Der Onkel vom Ferdl ist sicher schon 40, schaut aber jünger aus. Er blickt sich kurz im Extrastüberl um, entdeckt die Grete, grüßt sie mit einem Kopfnicken und zieht sich wieder zurück. Der Onkel

Oskar ist inzwischen bei den Gebirgsjägern und beim General Dietl in Norwegen angekommen und bei den Triumphen über die Engländer. Die Grete flüstert der Mutter zu, dass sie sich die Nase pudern muss, weil der Onkel so schön redet und sie immer wieder ins Heulen kommt. Und ist auch schon draußen auf dem Gang vor der Extrastube.

„Ich wollte nur fragen", sagt sie, überrascht, dass der Herr Hannes wirklich vor der Tür steht und auf sie wartet, „wie es dem Ferdl geht. Ich hab schon Ewigkeiten nichts mehr gehört von ihm."

Der Onkel weiß auch nichts Neues, nur, dass der Ferdl irgendwo am Balkan stationiert sei, und dann zieht er die Grete ganz unvermutet und ganz zärtlich zu sich her, und die Grete wehrt sich gar nicht, reibt seine Haare an ihren Haaren und küsst sie auf den Mund. „Um 10 im Rosenstüberl?", fragt er. Und die Grete haucht: „vielleicht", läuft in die Damentoilette, pudert sich die geröteten Wangen und kehrt zurück ins Extrastüberl, wo der Onkel Oskar gerade zum Ende seiner feierlichen Hochzeitsrede für den kleinen Bruder die rechte Hand hochreißt. „Auf eure Ehe! Auf eure Nachkommen! Heil Hitler!"

Jetzt wird wieder getanzt.

Goldschmidt, Seligmann, Hirschfeld, Lazarus, Isaac, Rosenheim, Hedwig Landau, geb. Seligstein, Blumenthal geb. Hirschberg. Ein offener Schacht am Jüdischen Friedhof Prenzlauer Berg, so eng, dass grad ein Mensch in die Tiefe steigen könnte. Eine Tafel: „Den Tod anderer nicht zu wollen, das war ihr Tod.

Hier verbargen sich Ende des Jahres 1944 Kriegsgegner. Sie wurden von der SS entdeckt, an den Bäumen erhängt und hier verscharrt. "

Giacomo Meyerbeer, den Komponisten, zufällig entdeckt. Und Pulvermann, Levinstein, Loewy, Mendelssohn, Goldhorn, Oppenheimer, Liebermann, Cohn ...
Stützt der Baum die schräg liegenden Stelen oder stützen die Stelen den Baum? Sind sie schon miteinander verwachsen? Wer zieht wen in den Tod? Wer holt wen wieder raus?

„Verschiedenes. Arier-Nachweise, Ahnenpässe schreiben, Urkunden, Übersetzungen, Abschriften besorgt billigst Fachbüro Löcker in Salzburg, Rupertgasse 7/II."

Werner Schöner hat einen Brummschädel. So viel Bier hat er noch nie in seinem Leben getrunken. Bis lang nach Mitternacht haben sie die Hochzeit vom Onkel Heinz und der Tante Mitzi gefeiert und auf den 2. Franz gewartet, der aber nicht gekommen ist. Der Werner wäre gerne früher heimgegangen, aber er wollte die Mutter nicht allein warten lassen. Die Mutter hat die meiste Zeit getanzt, der Werner hat nur so gestaunt, wie flott die Mutter beim Tanzen ist. Und er, weil er Tanzen hasst und eigentlich noch nie getanzt hat außer zu Silvester einen Walzer mit der Grete und der Mutter, schrecklich!, hat die ganze Zeit über Bier getrunken. Da hat sich der Onkel Oskar zu ihm, zum Werner gesetzt und ihm von der neuen Zeit vorgeschwärmt. Der Onkel Oskar kennt sich da ganz genau aus und hat auch immer wieder betont, wie stolz er auf ihn, den Werner, seinen Neffen, ist, dass er sich zu den Gebirgsjägern gemeldet hat, freiwillig, mit seinen noch nicht einmal 16 $\frac{1}{2}$ Jahren.

Dann löst sich die Hochzeitsgesellschaft auf, endlich! Der Werner hakt sich bei der Mutter unter und die beiden schlendern den Salzachkai entlang Richtung Lehen, heim. Es ist kalt, aber wenigstens schneit es noch nicht.

Was passiert? Die Sirene tobt los, und dann laufen sie, so schnell sie können, in den nächsten Luftschutzkeller. Mitten in der Nacht, von $\frac{1}{2}$ 2 bis $\frac{1}{2}$ 3, hocken die Mutter und der Werner mit hunderten anderen Menschen im Stollen. Es riecht nach Bier, Babys weinen, dann fängt irgendwer zu singen an: „Oh, wie wohl ist mir am A-abend, mir am A-abend…" und dann kriegen sie sogar einen halbwegs brauchbaren Kanon zusammen. Jedenfalls vergeht die Zeit. Der Werner nickt trotzdem ein.

Als Entwarnung gegeben wird, rüttelt ihn die Mutter aus dem Schlaf, und der Werner, der Bub, bittet sie, mehr im Spaß als im Ernst, ob sie ihn nicht heimtragen könnte wie sie ihn früher, wenn er beim Radiohören auf der Küchenbank eingeschlafen war, manchmal ins Bett getragen hatte. Aber da war er ja ein Kind. Kein künftiger Soldat.

Jetzt, kaum mehr als fünf Stunden später, hockt Werner Schöner an seiner Setzmaschine in der Firma und ist immer noch todmüde. Ein Kuss von der Hella, und alles wäre in Ordnung. Oder wenigstens ein Blick!

Die Hella hat sich entschuldigt, per Telephon; nein, keine Erkrankung, sie ist bei ihrer Mutter daheim geblieben. Der geht es nicht gut. Dieser Brief an den Kompanieführer von der Dienststelle 24010 C hat sie sehr aufgeregt, aber sie hat alles, nach bestem Wissen, ausgefüllt: „Genaue Größe: 1,75; Gestalt: muskulös; Farbe und Wuchs des Kopfhaares: mittelbraun, leicht schütter; Zähne: …"

Aber da hat sie sich plötzlich nicht mehr erinnern können. Zahnlücken? Hat der Gustav Zahnlücken? Und Goldzahn? Einen sicher, vielleicht zwei. Muttermale? Narben? Eine Narbe am linken Knie von einem Schiunfall. Oder am rechten? Sieht man die überhaupt noch? Zigarettenetui? Nein. Ihr Mann, der Gustav, hat selten geraucht, und wenn, dann aus der Packung. Kein Etui. Brieftasche? Mein Gott, eine Brieftasche aus Leder halt, schwarz; vermutlicher Inhalt? Wie soll sie das wissen, wo sie so lange nichts mehr von ihm gehört hat! Hellas Mutter schreibt: „unbekannt". Halt! „unbekannt" durchgestrichen; stattdessen: „Muttergottes-Amulett aus Mariazell, fingernagelgroß".

„Der heißt wirklich Silberschneider?", fragt die Kammerlander Anni. „Ist er ein Jude?"

„Keine Ahnung", antwortet die Grete, die darüber noch nicht nachgedacht hat. Es ist ihr auch egal, Hauptsache, er ist ein guter Lehrer und ein wunderbarer Musiker. „Sie machen schöne Fortschritte", hat er in ihr Übungsheft geschrieben, unter das erste Stück mit Bassbegleitung.

„Soll ich es rausfinden?"

„Was rausfinden?"

„Na, ob er ein Jude ist!", ruft die Kammerlander Anni so laut, dass die Neulinger, die Chefin, von ihrem Schreibtischsessel aufspringt. „Wer ist ein Jude?"

Aber der Kammerlander Anni fällt immer was ein. „Wir haben uns über den Film unterhalten!"

„Welchen Film?"

„Naja, ‚Jud Süß', haben Sie den nicht gesehen?", fragt die Anni leicht vorwurfsvoll zurück.

„Natürlich hab ich ihn gesehen. Muss man ja gesehen haben", antwortet die Neulinger.

„Eben. Und jetzt haben wir überlegt, ob der Schauspieler … weil der den so echt gespielt hat …"

„Ferdinand Marian", unterbricht die Neulinger sie, „ist ganz bestimmt kein Jude. Ein Wiener, aber kein Jude." Und setzt sich wieder an ihre Arbeit.

„Also", flüstert die Anni, „soll ich's rausfinden?"

„Wie denn?"

„Hab ich dir doch schon erklärt", meint die Kammerlander Anni genervt, „denen, den Juden nämlich, fehlt da unten, an ihrem besten Stück, ein Stück …"

„Du bist unmöglich", zischt die Grete.

„Ist er verheiratet?"

„Ja! Und seine Frau ist sehr lieb. Hör bitte auf mit diesem blöden Gerede!"

„Dann find's halt selber raus!"

„Aufhören!"

Grete Schöner ist wütend und außerdem will sie die ganze Zeit schon, ohne dass die anderen im Büro etwas merken, den Brief an den Scharfetter Ferdl schreiben. Die neuen Listen mit den Antragstellern um eine finanzielle Unterstützung bei der Landstelle, Reichsnährstand, hat sie längst fertig, aber das muss ja niemand wissen.

„Lieber Ferdl, gestern hab ich deinen Onkel geküsst und dabei fest an dich gedacht; zuerst im Sternbräu, dann im Rosenstüberl und schließlich auf dem Heimweg, mehrmals. Er hat mir Komplimente gemacht, wie gut ich küsse … dann ist die Sirene losgegangen, aber wir sind nicht in den Luftschutzkeller gelaufen. Wir haben uns einfach aneinander festgehalten …"

Unsinn. Das schreibt sie natürlich nicht, sie wird heute überhaupt keinen Brief schreiben. Jetzt hab ich den Neffen und den Onkel geküsst, denkt sie, und hab nicht einmal ein schlechtes Gewissen. Wenn das die Anni wüsste! Die wäre richtig schockiert!

Mit beiden Füßen auf dem Glasfenster am Bebelplatz, durch das man in die leere weiße Bibliothek unterm Pflasterboden sieht. Wenn das Glas jetzt zerspringt, stürze ich samt meiner Schultertasche ab. Ich hab in der Tasche ein Notizbuch, da kommt Berlin vor; ich hab in meiner Tasche ein Tagebuch, da kommst Du vor und der Werner und die anderen aus unserer Familie.

Wenn ich jetzt abstürze, durch das Sichtglas, dann wäre Dein Tagebuch, Mutter, das erste Buch, das da unten in der Gedenkbibliothek, die man in Erinnerung an die Bücherverbrennung 1933 errichtet hat, auftaucht. Aber das Fensterglas hält. Ich sehe mich im Glas, allein, heute sind keine Touristengruppen

unterwegs, ich sehe mich samt Bart, samt Schultertasche, tief-
blauem Himmel mit ein paar kleinen weißen Wolken. Das ist
alles.

Der 2. Franz ist auch nach drei Tagen noch nicht
zurück. Irgendein Sondereinsatz, meint die Marie.
Man darf nicht alles wissen, soll auch nicht alles wissen. Der Franz ist ein sehr guter Kraftfahrer, wenn
ihm was passiert wäre, dann hätte sie, die Marie, das
schon erfahren. Man muss sich keine Sorgen machen,
der Franz weiß, was er tut.
Der Werner macht sich keine Sorgen, der ist froh,
wenn er nicht mit dem Franz auf den Berg muss.
„Einmal gehen wir heuer noch rauf aufs Stahl-Haus“,
hat er ihm neulich gedroht, der Werner jedenfalls hat
das als Drohung aufgefasst. Aufs Stahl-Haus geht
man von Golling aus bei gutem Wetter fünf Stunden.
Jetzt haben wir Dezember, und demnächst wird es
wohl schneien. „Wir gehen bei jedem Wetter“, hat der
Franz gesagt. „Im Krieg gibt es kein Wetter. Da gibt
es nur: Aushalten oder Nicht-Aushalten.“
Im Notfall werde ich alles aushalten, denkt der
Werner, schon der Mutter zuliebe. Dass sich die nicht
schämen muss. Aber aufs Stahl-Haus geh ich heuer
nicht mehr, da kann sich der Franz in den Hintern
beißen!
Dann holt er ein großes, sehr buntes Programmheft
aus der Nachtkästchenlade, das vom Circus Krone,
und seine Zeichenmappe und einen Rötelstift, legt
sich bäuchlings auf den Fleckerlteppich vor seinem

Bett und zeichnet das exotische Mädchen „Felsina" ab, wie es hoch oben in der Kuppel des Circuszeltes kopfüber am Brett läuft.

Ihr Gesicht aber will er durch das Gesicht der Hella Sachs ersetzen, und jetzt weiß er plötzlich nicht mehr, wie die Hella aussieht. Nur ungefähr, aber nicht so, dass er sie zeichnen könnte, so sehr er sich auch anstrengt.

Werner Schöner zieht Hellas blonden Zopf aus dem Hosensack, riecht daran, legt ihn neben das Zeichenblatt. Es hilft nichts. Er hat ihr Gesicht aus den Augen verloren. Am liebsten würde er auf der Stelle aufbrechen, losradeln, um sie in die Arme zu nehmen.

„Kannst du eine Stunde auf den Hund aufpassen? Danke!" Die Frau Ludwig hat an der Tür geläutet und ihm die Leine in die Hand gedrückt. „Ich muss mit der Lisa ins Krankenhaus. Der Wasti hat sie in den Fuß gebissen."

„Du Ratte Hund!", schreit die beklopfte Lisa und diesmal heult sie auch noch. „Du Ratte, Ratte Hund! Wenn ich zurückkomm, geht's dir schlecht!"

Am 8. Dezember, Maria Empfängnis, 1940, fährt Grete Schöner gleich in der Früh mit dem Rad in die Salzburger Innenstadt, klappert alle Kinos ab, aber nirgendwo kriegt sie Karten. Erst beim letzten Versuch, in Maxglan, hat sie Glück. Zwei Karten für die Abendvorstellung.

Auf dem Heimweg fährt sie bei der Anni vorbei, aber die Anni hat Herrenbesuch und am Abend hat sie auch schon was vor. Die Marie hat Zeit, der Franz ist noch immer verschollen. Die Mutter hat Eintopf gekocht, das ist billig und schmeckt. Nur der Franz mag keinen Eintopf. Arme-Leute-Essen, sagt er immer. Und am Sonntag oder am Feiertag will er sowas überhaupt nicht auf dem Teller haben.

Die Grete langt ordentlich zu, löffelt auch noch vom Eintopfteller, als im Radio bereits das „Wunschkonzert" beginnt. Die Mutter legt sich ein bisschen hin, die Grete hört „Wunschkonzert" und schreibt nebenbei endlich den Brief an den Scharfetter Ferdl, ohne die Geschichte mit Ferdls Onkel zu erwähnen. Nicht einmal: „Übrigens, neulich hab ich deinen Onkel getroffen …"

Der Film im Maxglanerkino ist ein rechter Spaß – „Liebe streng verboten", mit Hans Moser und Grete Weiser. So viel gelacht haben die Grete und die Mutter schon lang nicht mehr. Beim Verlassen des Kinosaales – das Herz klopft ihr bis in den Hals hinauf – erspäht die Grete den Scharfetter Hannes, den Onkel vom Ferdl! Sie will schon zu ihm hin, aber … irgendeine Frau hängt an seinem Arm und jetzt küsst er diese Frau, die die Grete noch nie in ihrem Leben gesehen hat, auf die Wange. Sie möchte laut aufschreien, wie die Lisa, oder im Erdboden versinken. Hat der Hannes sie gesehen? Schuft, denkt sie, du großer Schuft!

Außerdem ist der ... wie heißt er? ... Hannes sowieso viel zu alt und Geschmack hat er auch keinen, sonst würde er nicht mit so einer hässlichen Person ausgehen! Hat die Mutter was gemerkt? Gesagt hat sie nichts. Nur über die Grete Weiser geredet und über den Wolf Albach-Retty, den ganzen Heimweg nur über den Film. Geredet und gelacht, und die Grete hat mitgelacht, trotz aller Empörung.

Es ist fast 11, als sie heimkommen, und der Werner schläft tief und fest. Jedenfalls tut er so, als würde er schlafen. Die Grete dreht kein Licht auf, zieht sich im Dunkeln das Nachthemd an und schleicht auf Zehenspitzen zu ihrem Bett. Der Bruder schnarcht laut auf. Das verlässlichste Zeichen, dass er nicht schläft.

„Übrigens", ruft die Grete, „von euch Männern hab ich endgültig genug!"

Diesmal macht der Werner das Licht an. „Jetzt weiß ich es wieder", sagt er, zieht den Block unter dem Bett hervor und zeichnet mit dem Rötelstift der Zirkusartistin „Felsina" die Augen und die Nase von Hella Sachs ins Gesicht.

„Licht aus!"

„Der Robert is'n Idiot!" Der Herr Lutz hat die ganze Mannschaft an seinen Schreibtisch gerufen. „Idiotischer geht gar nich', ne! Den hätt'n se bald heimgeschickt. Und wat macht er, der dumme Hund?"

Das hätten sie ihm alle nicht zugetraut, auch Werner Schöner nicht. Robert Kremsmayer ist getürmt! Aus dem Arrest abgehauen. Da gab's, erzählt der Herr Lutz, ganz genau weiß er es auch nicht, einen kleinen Aufstand wegen irgendwas, Unruhe, Tumult jedenfalls. Die Polizei rückt mit den Knüppeln an, ein paar Minuten lang Handgemenge und Chaos. Und dann ist der Kremsmayer Robert weg. Spurlos verschwunden. Muss davon gerannt sein wie der Jesse Owens. Wo läuft ein 18-Jähriger mit vollen Hosen hin? „Zu Muttern!", sagt der Herr Lutz. Denkt jedenfalls die Polizei. Aber er ist nicht nach Hause gelaufen. Und volle Hosen hat er auch nicht. Ist schon ein ziemlicher Kerl, der Robert. Manchmal ein Scheißkerl, manchmal ein Kerl.

Natürlich ist die Polizei im Nu bei der Mutter, zwei Männer stellen die Wohnung auf den Kopf, durchsuchen Roberts Zimmer, wühlen in seinen Sachen. Zwei andere sind unten in den Kellerräumen und in der Waschküche. Jedes mögliche Versteck wird unter die Lupe genommen. Der Robert ist nicht da. Jetzt fragen sie die Mutter aus, nach anderen Familienmitgliedern, Freunden, Arbeitskollegen, Namen, Adressen. Die Mutter kennt keine Freunde von ihrem Sohn. Vom Herrn Lutz erzählt sie und von einem Werner Schöner; den Namen hat er ein paarmal genannt. Arbeitet auch in der Druckerei. Früher haben die beiden einiges gemeinsam unternommen, glaubt die Mutter sich zu erinnern. Aber sonst? Ein Mädel? Sicher nicht. Das wüsste sie.

Die Polizisten finden nicht viel. Ein paar zerfledderte Rolf-Torring-Heftchen, zwei, drei „Volksblatt"-

Annoncenseiten, auf denen Inserate für gebrauchte Motorräder rot eingerahmt sind, eine Anleitung für den Krad-Führerschein, zwei Briefe. Die Briefe sind von Robert Kremsmayer selbst unterschrieben, aber nicht abgeschickt, belangloses Zeug über einen Circusbesuch, an eine Hella gerichtet, „liebe Hella". „… dein treuer Freund Robert", steht am Schluss. Hella wie? Hella was? Aber die Mutter weiß nichts von einer Hella.

„Wenn ihr wat wisst, Jungs, sagt es mir. Der Robert is' keen schlechter Mensch. Ein Idiot, 'n Hitzkopf is' er, aber keen schlechter Mensch. Und jetz' wieder ran an die Arbeit, volle Kraft voraus, sonst holt euch der Teufel!"

Gestern, in der „Story of Berlin-Ausstellung" am Kurfürstendamm, sind wir über Bücherrücken geschritten, einen Gang entlang, über Bodenschwellen, austapeziert mit Bücherrücken. Titel, Namen. Tucholsky, Heinrich Mann… aus dem Lautsprecher hat eine schrille hohe Männerstimme gebrüllt: „Ich übergebe dem Feuer die Schriften von…" Auch Kästner, Alfred Kerr, Erich Mühsam… Und dazu das Knistern von Feuer, das Flammenprasseln. Die Buchrücken sind in Folie eingeschweißt. Trotzdem das Gefühl: dir brennen die Sohlen weg.

Kameradschaftsabend. Immer das Gleiche. Singen, Belehrungen, viel zu viel Gerede. Das nächste Mal nehm ich die Ziehharmonika mit, denkt Grete Schöner, und dann spiel ich „Du schwarzer Zigeuner" mit

112

Bassbegleitung, das ist nicht ganz so schwer wie „Roter Mohn".

Die Grete und die Anni haben weiße Kleider angezogen und weiße Bänder ins Haar geflochten, also „sehr romantisch", wie die Grete findet. Die Anni macht das, um die anderen Mädels zu ärgern. Die ärgern sich sowieso schon, dass die Anni und die Grete die besten Freundinnen sind. „Wir sind hier beim Kameradschaftsabend und nicht bei einem Tanzfest", hat die Gruber, die BDM-Gruppenführerin, schon das letzte Mal beanstandet. Dabei hatten sie damals noch gar keine Bänder im Haar. Und außerdem: schön aussehen ist ja keine Sünde!

Die Rolle der deutschen Frau als Mutter. Solche Vorträge kann man sich doch auch im schönen Kleid anhören, mit weißen Bändern im Haar! Dass die Gruber nur neidisch ist, weil sie selbst wie ein Kartoffelkäfer aussieht, hat die Anni neulich gesagt, kleiner Kopf, Riesenbauch, Riesenhintern, obwohl... hat ein Kartoffelkäfer einen Hintern? „Ihr müsst natürlich wieder kichern und kudern!", hat die Gruber sie gerügt. „Euch fehlt die sittliche Reife!"

Alles geht vorbei, auch so ein Kameradschaftsabend, und dann ziehen die Kammerlander Anni und die Grete Schöner Arm in Arm durch die Getreidegasse, Richtung „Sternbräu". Wenn der Scharfetter Hannes dort ist, fall ich in Ohnmacht, denkt die Grete. Oder ich steig ihm mit dem Absatz auf die Zehen, ganz fest. Dann sag ich: „Oh pardon, ich hab Sie gar nicht gesehen!" Und wenn er wieder auf die Schmeicheltour kommt und mich küssen will, dann sag ich sehr geheimnisvoll: „Liebe streng verboten!" Dann kennt er sich vielleicht aus. Oder auch nicht, denkt die Grete.

Im Jagdzimmer ist ein Tisch frei; die Anni bestellt eine Flasche Rotwein. „Bist du verrückt!", zischt die Grete, aber die Anni macht das ja nicht zum ersten Mal. Irgendwer wird schon auftauchen und am Schluss die Zeche bezahlen. Der Herr Larcher und der Dr. Lainer von der Landstelle tauchen auf. Nach einer Stunde wird ein bisschen geküsst. Dann müssen die beiden Männer zu ihren Frauen heim. Die Grete und die Anni bleiben sitzen, den Wein hat der Dr. Lainer bezahlt und noch zwei Wermuth, an denen die beiden Freundinnen jetzt nippen. Die Grete erzählt vom Kremsmayer Robert, den sie vor ein paar Wochen am Juxstandesamt geheiratet hat und der jetzt aus dem Arrest geflüchtet ist. „Hoffentlich finden sie ihn nicht", sagt die Grete.

Die Anni lehnt sich auf dem groben Holzstuhl zurück, starrt hinauf zum Plafond, und dann wandern ihre Augen herum, als ob sie die Risse und Sprünge im Verputz zählen müsste. „Es ist komisch, bei manchen Menschen sagt man: hoffentlich finden sie ihn nicht. Und bei anderen: warum finden sie ihn nicht endlich! Es werden so viele Menschen vermisst. Ich fang mir gar nichts Ernstes mehr an. Kaum hat man jemanden gern, hat er sich in Luft aufgelöst. Man weiß ja nicht einmal, ob einer lebt oder tot ist."

114

Die Grete denkt an den Kroni und den Horst und den Herbert Willi und den Scharfetter Ferdl und dass sie ihnen unbedingt heute noch schreiben muss. Oder morgen. Morgen ist sowieso ein gemütlicher Tag. Da müssen sie erst um 9 im Büro sein und um $\frac{1}{2}$12 dürfen sie schon wieder nach Hause gehen, weil um 12 der Führer im Radio spricht.

„Wie hat der Dr. Lainer geküsst?", fragt die Kammerlander Anni und bestellt mit einer Handbewegung noch zwei Glas Wermuth.

„Nicht besonders aufregend", antwortet die Grete.

„Und der Herr Larcher?"

„Der hat mir die Zunge reingesteckt, dass ich fast erstickt bin!", pfaucht die Anni.

„Kannst du nicht normal küssen?"

„Wie normal?"

„Normal halt! Keusch!"

Der 2. Franz ist wieder da. Er erzählt nicht viel, nur dass er irgendwelche Sachen befördern hat müssen. Bis Linz ist er gekommen, aber jetzt ist er ja wieder da. Und dann legt er sich hin auf die Küchenbank.

„Weck mich auf, wenn der Führer redet!"

Die Marie will für den Franz Bier holen und Zigaretten, aber im Stiegenhaus trifft sie die Frau Ludwig. „Wie geht's der Lisa? Ist die immer noch im Spital?"

Die Lisa ist immer noch im Spital, die Wunde heilt nicht richtig. Der Arzt hat gemeint, dass die Lisa eigentlich in die Heilanstalt gehört, schwachsinnig wie sie ist. Schreit herum: „Ratte, Ratte Hund!" Wenn die wieder so einen Anfall kriegt, kommt sie in die Anstalt.

Dass das überhaupt nicht in Frage kommt und dass die Lisa der einzige Mensch in ihrem Leben ist, schreit die Frau Ludwig. Dass sonst gar niemand mehr lacht in der Wohnung, wo doch der Mann und der Sohn im Feld sind. Und dass die Lisa wunderbar im Haushalt hilft. Und wenn sie die Lisa nicht zurück-kriegt und zwar so schnell wie möglich, dann hängt sie sich auf.

Ja, ja, immer gleich mit dem Aufhängen drohen, meint der Arzt und dann sagt er: „In ein paar Tagen können Sie Ihr Mädel abholen!"

Dann gibt die Frau Lutz dem Doktor einen Kuss auf die Wange und läuft in den Krankensaal zur Lisa.

„Und was ist mit dem Wasti?", fragt die Marie im Flur.

„Den hab ich zu Bekannten gebracht. Die haben mir versprochen, dass sie gut für ihn sorgen. Der Hund kann ja auch nichts dafür!"

„Hallo, Mutter!" Die Grete läuft die Stiegen herauf.

„Was machst du so früh?"

„Na, weil doch der Führer im Radio spricht!"

Jetzt hat die Marie aufs Bier und auf die Zigaretten vergessen, dabei ist es eine Minute vor 12. Sie muss den Franz aufwecken.

„Bier kann ich Ihnen leihen", sagt die Frau Ludwig.

„Zigaretten hab ich nicht."

„Grete, lauf hinüber …"

116

„Tut mir leid, keine Zeit, ich bin verabredet!"
„Jetzt, wo der Führer spricht?"
Aus dem Volksempfänger dröhnt schon der Baden-weiler-Marsch. „Franz, aufwachen!"

„Und was ist das?", fragt der Polizist und hält Werner Schöner Blätter aus dem Zeichenblock vor die Nase.
„Das ist der Jesse Owens, beim Start zu den 100 Metern in Berlin", antwortet der Werner.
Die beiden Polizisten hatten an die Wohnungstür gepumpert, so bedrohlich laut, dass der 2. Franz selbst geöffnet hat. Ob der Werner da sei, Werner Schöner.
„Der Werner? Was wollt Ihr von meinem Buben?"
Die Mutter hat sich breit in die Tür gestellt, dabei hat sie gar nicht gewusst, ob der Werner daheim ist. Sie hat sich ja, wie sie vom Büro heimgekommen ist, gleich um den Franz gekümmert und dann im Stiegenhaus mit der Ludwig geredet wegen der Lisa. Die Grete ist auch bloß in die Wohnung hinein gehuscht, hat sich die feste Jacke vom Garderobenhaken geholt und war auch schon wieder weg.
„Kennen Sie einen gewissen Kremsmayer Robert?"
„Kennen wir nicht", sagt der Franz unwirsch, „außerdem spricht gleich der Führer im Radio!" Und will die Polizisten zur Tür raus drängen. Aber da stehen sie auch schon mitten in der Wohnküche.
„Also, wo ist er?"
Der Franz sagt nichts, legt sich wieder auf die Küchenbank und hört der Marschmusik zu. „Solltet ihr auch hören, statt anständige Menschen zu belästigen!"

Aber da ist auch der eine schon im Schlafzimmer und der andere im Kabinett.

„Da ist er!" Der Werner ist bäuchlings auf dem Fleckerlteppich vor dem Bett gelegen und hat sich mit seinen Zeichnungen beschäftigt.

„Und das da? Wer soll das sein?"

„Eine Circusartistin."

„Und dieser Knilch?"

„Das ist der Führer", antwortet Werner Schöner, „ich wollte ihm grad den Bart zeichnen."

„Wollt ihr was trinken?", fragt die Mutter, weil sie glaubt, die Polizisten damit friedlich zu stimmen.

„Nix da", ruft der Franz, „die kriegen nix! Komm her, horch zu. Das geht uns nichts an."

Jubelstürme aus dem Radio. Der Franz muss den Volksempfänger auf volle Lautstärke gedreht haben.

Dann Hitlers Stimme.

„Nun bin ich zeitlebens der Habenichts gewesen. Zu Hause war ich der Habenichts, ich rechne mich selbst zu den Habenichtsen, ich hab immer nur für sie gekämpft …"

Die Polizisten nehmen den Werner in die Mangel.

„Du weißt doch, wo er steckt!"

„Weiß ich nicht, ehrlich nicht!"

Jetzt nimmt der eine von den beiden das Jesse-Owens-Blatt in die Hand. „Wer ist das?"

„Jesse Owens, der größte Leichtathlet aller Zeiten!", antwortet Werner Schöner.

Der Polizist sagt nichts, reißt das Blatt einfach in mehrere Teile und wirft die Papierfetzen zu Boden.

„… wir sind nicht nur die besten Soldaten", schreit der Führer aus dem Radio heraus, „sondern wir haben auch die besten Waffen der Welt …"

„Und die da?"

Werner sagt nichts. Sagt nicht, dass das seine Hella ist, ihr Gesicht, das er zum Körper der exotischen Akrobatin „Felsina" dazugemalt hat, aus dem Gedächtnis, haargenau Hellas wunderschönes Gesicht. Die Haare sind die Haare der Deckenläuferin, aber die Augen, die Nase, die Ohren – alles Hella Sachs.

„Wo ist der Kremsmayer Robert?"

Werner sagt nichts.

Der erste Riss geht mitten durch Hellas Gesicht. Dann schaut Werner einfach weg.

„Kennst du eine Hella?"

„Kenn ich nicht", sagt der Werner.

„Kennst du nicht? Dabei arbeitet die doch auch beim ‚Volksblatt' oder?"

„Ach die! Kennen tu ich sie trotzdem nicht."

„Wenn du uns angelogen hast, Bürschchen …"

„Mein Sohn lügt nicht", sagt die Mutter. Dann sind die Polizisten so schnell weg wie sie aufgetaucht waren.

„… vor uns ein herrliches Reich des Friedens. Ich danke Euch!" Jubelstürme ohnegleichen. Nicht endenwollende Heilrufe.

Ein Brief vom Kroni! ?!?

„esas isastat saso babitat tat erar kaka laltat. haha bab laletat zaz tate nana chachtat inan eina nemam baba ckack ofa fe nan gage schasch lala fa fenan. Vave rardad amam mamtat erar kak rari egag!!! Vergiss mich nicht. Bitte!!!"

Den Kroni mag die Grete, weil er noch so kindisch ist wie sie. Der Werner kann den Brief entschlüsseln. „Der traut sich was!", sagt er. Und sagt nichts. Dann weint er. Und die Grete weint bitterlich, die ganze Nacht.

Das ist nicht kindisch. Das ist Notwehr! Wenn der schreibt, dass es so bitterkalt ist, dass er in einem Backofen geschlafen hat und wenn das der liest, der die Feldpostbriefe liest, Scheiß-Krieg, wenn das einer liest, dann schießen sie dem Kroni dreimal ins Genick, wie dem Ralph, dem Hund von der beklopften Lisa! Er weiß das. Und ich weiß, dass ihr euch nie mehr wiedersehen werdet. Ich hab seinen Partezettel gefunden, bei den anderen Unterlagen.

„Zum Gedenken an unseren lieben, einzigen Sohn, Enkel und Neffen Josef Kronthaler, Obergefr. in einem Art.-Rgt., Träger des EK2 und des Verwundeten-Abzeichens, welcher nach einjähriger Dienstzeit, im Alter von 19 Jahren, den Heldentod für seine geliebte Heimat fand. Ein Heldengrab im Norden birgt unser ganzes Glück."

Ich glaube nicht, dass sie den Kroni erschossen haben. Aber ich weiß es nicht. Verhungert vielleicht, erfroren. Schreib weiter

*Deine Briefe an ihn. Er lebt ja noch, und Du weißt das nicht,
was ich weiß. Er wird Dir ein Weihnachtspäckchen schicken,
und Du wirst selig sein.*

Werner Schöner ist spät dran, nimmt fünf Stufen auf
einmal im Stiegenhaus, kann grad noch abbremsen,
als die Haustüre von außen geöffnet wird und die
Frau Ludwig in den Flur tritt, die beklopfte Lisa auf
den Armen.

Der Lisa haben sie den Fuß abgenommen, oberhalb
des Knöchels. Hat sich immer wieder entzündet,
Blutvergiftung. Wenigstens ist sie wieder daheim. Die
Lisa streckt dem Werner das dick gefaschte Bein entgegen. „Blut!", sagt sie, wie man „Guten Morgen!"
sagt. Der untere Teil der Bandage ist blutgetränkt.

„Ich bin spät dran", ruft der Werner, streicht der Lisa
übers Haar und rennt hinaus in den Hof zu seinem
Fahrrad.

„Wenigstens nicht in die Heilanstalt!", sagt die Frau
Ludwig. Aber das hört er nicht mehr.

„Und?", fragt die Kammerlander Anni und grinst
dabei. „Ist er jetzt ein Jude?"

„Wer?"

„Na, dein Silberstein!"

„Silberschneider", sagt die Grete, so laut, dass sich die
Neulinger nach ihr umdreht. „He, ihr beiden, habt
ihr nichts zu tun?"

Ob sie verliebt ist in den „Ziehharmonika-Heini",
fragt die Anni, was Grete Schöner empört verneint.

Ein wunderbarer Lehrer ist er, ein Meister auf den Tasten, sonst nichts. Am Heiligen Abend wird die Grete „Stille Nacht" spielen, mit Bassbegleitung, daheim, für die Mutter und den Werner. Und den 2. Franz, wenn der da ist. Der ist ja viel unterwegs mit dem Lastwagen.

„Weißt du, was ich dir schenken werde?", fragt die Kammerlander Anni. Aber die Grete will es nicht wissen. Sie liebt es, am Heiligen Abend, nach „Stille Nacht", neben dem Christbaum zu hocken, im Schneidersitz, auf dem bunten Polster, den ihr der Sepp einmal geschenkt hat, aus Rumänien hat er ihn mitgebracht, einfach so am Boden zu hocken und Geschenke auszupacken.

„Also gut", flüstert die Anni, weil die Neulinger schon wieder so vorwurfsvoll herschaut, „dann verrat ich dir eben nicht, dass du ein Notenheft und eine Lilienmilchcreme von mir bekommst!"

Dann sagt sie noch so nebenbei: „Ist er halt ein Jude. Mir egal. Ich hab auch schon was mit einem Zigeuner gehabt! Und mit einem Neger!"

„Mit einem Neger?"

„Wenn ich es dir sage", sagt die Anni. „Ich glaube, er hat Jesse Owens geheißen."

Hella Sachs hat ihr Lächeln verloren. Dass der Vater aller Voraussicht nach gefallen ist, hat im letzten Brief gestanden. Aber dass man natürlich weitersuchen werde. Und jetzt ist bald Weihnachten, und die Mutter heult nur mehr.

„Kann ich was tun?", fragt der Werner, aber Hella schüttelt nur den Kopf. „In zwei Wochen ist Weihnachten auch schon wieder vorbei", sagt er. Und wird ganz verlegen, bevor dieser Satz zu Ende gesprochen ist.

Auf einen Eierlikör nach der Arbeit?

Nein, danke. Sie muss ja heim.

Kino auch nicht?

Kino auch nicht.

Hella Sachs legt Werner Schöner das Blatt Papier aufs Pult und dann geht sie wieder, kleine, wackelige Schritte wie über ein grad erst zugefrorenes Meer.

„Mach dir mal keenen Kopf, Kleene!", sagt der Herr Lutz. Sagt er nicht.

„Gedankenloses und hastiges Heraustreten aus erleuchteten Räumen in die Dunkelheit ist gefährlicher Leichtsinn. Bleibe darum, wenn du aus einem hellen Raum auf die Straße treten willst, erst einige Sekunden stehen und schließe die Augen. Du gewöhnst dich so an die Dunkelheit. Ältere und gebrechliche Leute sollten bei Verdunkelung der Straße möglichst fern bleiben oder sich von rüstigen Personen begleiten lassen."

Ob wer was von Robert weiß? Aber niemand weiß was. Auch der Herr Lutz nicht. Hat mit der Frau Kremsmayer telephoniert, heute früh. Kein Lebenszeichen. „Wenn der mal noch lebt, der Junge!"

Robert Kremsmayer hat Verwandtschaft in Bayern, am Chiemsee. Aber auch dort haben die Polizisten schon alles auf den Kopf gestellt. Keine Spur.

Wenn sie ihn finden, meint der Herr Lutz, dann knüpfen sie ihn an den nächsten Baum und behaupten, dass er das selber gemacht hat. Oder er kommt ins Feld, ohne Ausbildung, ohne Ausrüstung, einfach so, irgendwohin, Hauptsache: vorderste Front. Kanonenfutter.

„Wär er nicht abgehauen!", ruft einer der Maschinensetzer vom „Volksblatt", der Hubert. „Und außerdem: einem Polizisten schlägt man auch nicht die Nase blutig. Selber schuld. Kein Mitleid!"

„Arsch!", schreit der Herr Lutz.

„Ich wär vorsichtig, was ich sage!"

„Arsch!"

Der Hubert schlägt dem Herrn Lutz mit der Faust aufs Kinn. Der Herr Lutz schlägt in derselben Sekunde zurück.

„Jetzt wird weiter malocht, oller Sack du!"

Aber der Hubert gibt nicht auf. „Der Vater von meinem Schwager ist in der Gauleitung!"

„Und meene Mutter is' die Tochter vom Lieben Gott. Halt endlich die Schnauze, Hubert!"

„Hast du deinen Arierausweis dabei, Lutz?"

„Lass mir in Ruh!"

„Erinnerst du dich an den Buchbinder von drüben, vom Verlag? Fristlos entlassen. Und ab nach Dachau!" Jetzt grinst der Hubert triumphierend.

Der Herr Lutz sagt nichts, schüttelt einfach den Kopf, und dann herrscht auch wieder Ruhe.

Es ist stockfinster draußen, als Grete Schöner mit dem Autobus nach Hause fährt. Im Bus kommt sie zufällig neben einem jungen Mann zu sitzen, der sie sofort in ein Gespräch verwickelt, aus dem hervorgeht, dass er Unteroffizier ist, aus der Steiermark kommt, heute Nacht Wache, aber morgen Abend frei hat und dass er unbedingt mit ihr, mit der, wie heißen Sie?, Grete, mit der Grete ins Kino gehen möchte und dass er Fritz heißt. Und dass sie, die Grete, so aussehe, als ob sie ganz wunderbar küssen könne. Das geht der Grete viel zu schnell. Grad erst zufällig kennengelernt und schon wird vom Küssen geredet! Also morgen am Abend, aber anständig muss er bleiben. Natürlich wird er anständig bleiben, Ehrenwort. Soldaten-ehrenwort. Er wird sie um $\frac{1}{2}7$ abholen, mit ihr ins Mozartkino spazieren, um die Karten werde er sich kümmern. Dann wird man sehen.

Als Grete Schöner endlich daheim ist – der Fritz hat sie vom Bus mit einem großen Umweg bis zur Haus-türe begleitet – liegt Post auf dem Küchentisch. Ein Brief vom Herbert! Und ein Päckchen vom Kroni!

Silberschneider. Haufenweise Silber-Namen im Ethymolo-gischen Wörterbuch der jüdischen Familiennamen. Silbermann, Silbersohn, Silberbaum, Silberblatt, Silberbusch, Silberdick, Silberfeld, Silberpfennig, Silberhertz, Silberklang, Silberlicht, Silbermintz, Silbernadel, Silberschatz, Silberschlag, Silber-schmidt, Silberstein, Silberstrom, Silberthau, Silberzahn, Silberzweig. „Silber erscheint als Attribut des Erzengels Michael, Beschützer der Juden."

Im Café vom „Hugendubel", dort, wo der Kurfürstendamm in die Tauentzienstraße hinüberwechselt, gegenüber der Kaiser-Wilhelm-Gedächtniskirche. Drunten tritt dir bei jedem zweiten Schritt ein Scientologe in den Weg und fragt dich, ob du Stress hast und sagt dir, dass du ausschaust wie einer, der Stress hat und ob du nicht an der Stressmaschine herausfinden möchtest, wieviel Stress du grad hast. Drüben, auf dem Platz um die Ruinenkirche, tanzen die orangeseligen Hare-Krishna-Leute, tirilieren mit Weihnachtsglöckchen und lächeln glücksbesoffen.

Gestern, im Café in der Buchhandlung, ist neben mir eine junge Frau gesessen, die hat ausgesehen wie der Tod, einen Tag vorm Verhungern. Hat Kakao getrunken, ist auf die Toilette gegangen, hat Kakao getrunken, ist auf die Toilette gegangen. Wie kann man auf diesen Spinnenbeinen gehen? War heute noch nicht da. Oder war schon da oder kommt erst später. Ich hab Zeit. Mir läuft nichts davon. Der Tod hat seinen eigenen Rhythmus.

Haufenweise Silber-Namen im Ethymologischen Wörterbuch der deutschen Familiennamen. Silberbauch, Silberborn, Silber-draht (Konrad Silberdrat, Reimchronist aus Rottweil a.N., erst-mals 1422), Silbereisen, Silberlin, Silbermann, Silbernagel, Silberrad, Silberknolle (Schwester Hiltrut Silberknöllin zu Villingen), Silbersack, Silberschatz, Silberschmied, Silberzahn (Heinrich Silberzan, Pfarrer zu Illingen a.D. 1425).

Jetzt ist die beklopfte Lisa tot.

„Wer weiß, wofür es gut ist", sagt die Marie, als sie der Frau Ludwig im Treppenhaus die Hand schüttelt. Das hat immer wieder durchgeblutet. Hohes Fieber hat

die Lisa bekommen und bevor der Doktor da war, ist sie gestorben. Jetzt schaut sie wie ein Engel aus. „Wollen Sie sie sehen? Sie liegt im Schlafzimmer."
Die Marie folgt der Frau Ludwig in die Wohnung und zeichnet dem Mädel ein Kreuz auf die Stirn. „Wie ein Engel, wirklich." Da kommen auch schon die Leichenabholer.

„Letzte Weihnachten", sagt die Frau Ludwig, während die beiden Männer den Körper von der Lisa in den Sarg heben, „waren wir zu viert, mein Mann, mein Sohn, die Lisa, ich. Die Männer sind vermisst, die Lisa ist tot. Jetzt bin ich allein."

„Kommen Sie zu uns rüber!" Jetzt streichelt die Marie Schöner der Frau Ludwig mit den Handknöcheln behutsam die Wange. „Die Grete wird am Heiligen Abend auf ihrer Ziehharmonika spielen. Und dann gibt's was Gutes zu essen und zu trinken."

„Danke", sagt die Frau Ludwig und wickelt die blutgetränkte Fasche sorgfältig über dem Handrücken auf. Als würde die noch gebraucht für später.

„Die ist auch zu dick!"
„Winnie Markus? Findest du?"
„Finde ich nicht, sehe ich! Zwanzig Pfund mindestens!"
Der Fritz, der Unteroffizier, sagt nichts, hält nur Gretes Hand und streichelt sie sanft mit dem Daumen.
Er hat die Grete pünktlich von Zuhause abgeholt und dann sind sie in die Stadt spaziert, zum Mozartkino.

Zwei, drei Küsse unterwegs. Mehr nicht. Aber in der Kaigasse ist den beiden schon so kalt, dass sie unbedingt einen Glühwein brauchen. Also gehen die Grete und der Fritz in die „Taube". Wer steht in der „Taube" an der Bar – die Kammerlander Anni. Klar geht sie mit ins Kino. „Ich bin die Anni" und gibt dem Fritz einen Kuss auf die Wange. Typisch.

Jetzt sitzt Grete Schöner zwischen der Anni und dem Fritz. Das Geschenk vom Kroni hat sie dabei, ein reizendes Schultertuch. Sie würde gerne den Mantel ausziehen, damit das Tuch so richtig zur Geltung kommt. Aber im Mozartkino haben sie die Heizung auf Sparflamme gedrosselt. Gut dass sie unter dem Tuch noch einen Schal trägt.

„Das kommt davon, wenn man dauernd Mehlspeisen frisst", sagt die Anni mitten in den Film hinein. „Da muss man ja dick werden!"

Der Fritz streichelt zärtlich Gretes Hand und drückt sein linkes Knie an ihr rechtes.

„Wenn man die ganze Zeit Süßigkeiten verspeist, helfen auch die Abmagerungskuren nicht. Sie soll ja alle vierzehn Tage eine Kur machen!"

„Dafür trinkt sie nicht", zischt die Grete. „Rauchen tut die Winnie Markus auch nicht. Und jetzt sei still!"

„Ach ja, die Liebe!" Dann tätschelt die Anni der Grete das linke Knie und säuselt ihr ins Ohr. „Wie küsst er?"

In der Wochenschau, vor dem Film, hatten sie eine kleine Reportage über einen „Besuch bei unseren Soldaten in Norwegen" gebracht, und die Grete hat sich wieder die Augen aus dem Kopf geschaut, aber den Kroni hat sie nicht entdeckt. Dann hat man verwundete Soldaten gezeigt, die Spielzeug für die Volksweihnacht gebastelt haben.

„Und? Küsst er keusch oder richtig?"

Dann haben Kindergruppen der NS-Frauenschaft „unseren verwundeten Soldaten" Weihnachtslieder gesungen. Und ein Generalfeldmarschall war bei den Truppen im Osten.

„Ein Herz geht vor Anker" heißt der Film, „… von verliebten Seebären und süßen Mädels", ist im Kinoinserat in der Zeitung gestanden. Die Grete liebt das Wasser und Bootfahren ganz besonders. Wenn doch schon wieder Sommer wäre! Und die Winnie Markus im Ruderboot schaut wirklich nicht zu dick aus. Die spinnt, die Anni!

Der Fritz und die Grete bringen die Kammerlander Anni nach Hause. Sie küsst ihn zum Abschied auf beide Wangen und flüstert der Grete zu: „Probier's einmal mit ‚richtig'!" Dann ist sie auch schon im Hausflur verschwunden.

Es wird keusch geküsst, den ganzen Weg lang bis zum Hauseingang. Dann stehen sie noch eine halbe Stunde unten, vor der Tür, und der Fritz bittet die Grete immer dringlicher, dass sie doch zu ihm gehören solle. Ein paar richtige Küsse. Bis morgen, vielleicht.

Droben in der Wohnung posiert die Grete vor dem großen Vorzimmerspiegel mit dem reizenden Schultertuch, das ihr der Kroni zu Weihnachten geschickt hat, aus Norwegen.

„Weißt du es schon", sagt die Mutter, plötzlich in der Schlafzimmertüre stehend, „die Lisa ist gestorben."

Wenn sie sich anstrengt, die Grete, beim Laufen oder mit ihren Gefühlen, dann kriegt sie furchtbare Stiche im Herzen, dass sie glaubt, sie fällt in Ohnmacht. Sie hat zwei Stunden lang geheult, und der Werner hat sie auch nicht trösten können. Nicht einmal die Mutter.

Der 2. Franz schon gar nicht. Der ist weit nach Mitternacht heimgekommen, hat die Marie aus dem Schlaf und die Grete aus der Heulerei gerissen, und auch der Werner ist sofort wieder munter geworden. Der Franz hat sich ein Bier aufgemacht und angefangen die Zeitung zu lesen. Da hat ihm die Marie das von der Lisa erzählt.

„Am Samstag geh ich mit dem Werner aufs Stahl-Haus. Bei jedem Wetter!", sagt der Franz.

„Am Samstag", flüstert die Marie, „wird die Lisa beerdigt."

„Die hat alles hinter sich", meint der Franz, „der Werner hat alles vor sich. Was glaubst du, wie's zugeht da draußen!? Wenn da einer nicht kräftig genug ist, holt ihn der Geier. Um die Lisa soll sich der liebe Gott kümmern, falls es ihn gibt. Den Werner brauchen wir, verstehst du, wie ein Stück Brot. Für die Zukunft. Burschen wie der Werner sind die Zukunft. Die Lisa ist eine Blume, die vertrocknet ist. Das mit der Lisa, verstehst du, ist traurig, aber das spielt keine Rolle. Im Moment spielt das überhaupt keine Rolle. Das ist nicht von Bedeutung. Das ist Schicksal."

Jetzt stehen die Grete und der Werner in der Küche, keine zwei Meter vom 2. Franz entfernt, aber er kann sie nicht sehen und redet weiter. „Es gibt starke Menschen und schwache Menschen, das ist wie bei den Tieren. Die Lisa hätten sie in die Heilanstalt gesteckt, und da wär sie nie mehr rausgekommen. Ich geh mit dem Werner in die Berge!"

„Er fährt doch ohnehin in ein paar Tagen ins Winterlager", entgegnet die Marie.

„Ins Winterlager! Wie der gebaut ist? Da kann er sich gleich einen Sarg zu Weihnachten wünschen!"

„Ich geh auf den Friedhof", ruft der Werner. „Ich auch", sagt die Grete, während ihr die Tränen über die Wangen rinnen. Und die Marie weiß wieder einmal nicht, wo sie hingehört. „Noch ein Bier?"

Die Grete hat fleißig geübt, alle vier Stücke mit Bassbegleitung. Und dann noch das „Brüderlein fein" und „Stiefel muss sterben, ist noch so jung, jung, jung…" Und zwei Weihnachtslieder: „Morgen, Kinder, wird's was geben" und „Stille Nacht". Aber der Herr Silberschneider muss die Ziehharmonikastunde auf Samstag verschieben. Geht sie halt zum Friseur, nachher muss sie ohnehin zum Zahnarzt. Dann hilft sie der Mutter beim Keksbacken. Heute bekommt Grete Schöner ein Paket vom Herbert Willi. Eine Schachtel Pralinen. Der Fritz ruft nicht an.

„Alfred, Peter, Werner", ruft der Herr Lutz, und die drei springen gleichzeitig von ihren Setzmaschinen auf und laufen zum Pult ihres Chefs. „Also", sagt der Herr Lutz, „ihr wisst ja: Weihnachten is' so 'ne Bescherungszeit." Dann drückt er den drei Lehrlingen je ein Buch in die Hand, nicht einmal eingepackt. „Hat mir die Reichsjugendführung zugeschickt, muss ick wohl an euch verteilen. Nischt für unjut, frohe Weihnachten!"

Dann liest er vor, was ihm die Reichsjugendführung für die Verteilung der Buchgeschenke an die „schaffende Jugend" zum Vorlesen vorgeschrieben hat: „Einer der vornehmsten Zielgedanken beim Schenken dieses Buches soll sein, unsere Jugend zum Lesen guter Bücher anzuhalten, damit sie deren inneren Wert kennenlernt. Na, und so weiter und so fort!"

Aber da reißt der Hubert dem Herrn Lutz das amtliche Schreiben aus der Hand und liest weiter: „Heuer wurde das Weihnachtsbuch ‚Das Reich Adolf Hitlers' von Baldur von Schirach herausgebracht, das so wie im Vorjahr in erster Linie von den Salzburger Lehrmeistern für die ihnen anvertrauten Jugendlichen unter den Lichterbaum gelegt werden wird. Heil!"

Und dann rufen alle „Heil!". Nur der Herr Lutz sagt: „Und so weiter und so fort! Weiß wer was Neues vom Robert?"

Aber niemand weiß was.

Der Pfarrer sagt nichts. Ist ja auch kein Pfarrer dabei. Nur die vier Sargträger, die Frau Ludwig, der Hausmeister, die Marie, der Werner, die Grete. Die Grete hat es grad noch geschafft von der Ziehharmonikastunde. Diese Stiche im Herzen, weil sie so gelaufen ist mit dem schweren Harmonikakoffer und weil ihr die Frau Ludwig so erbarmt. Jetzt ist die Lisa im Himmel, wenigstens das hätte wer sagen müssen, aber die Ludwigs haben ja auch an keinen Himmel mehr geglaubt. Oder schon an einen Himmel, aber an keine Kirche. Dass die Lisa nun ein Engel ist, das kann man leicht sagen. Sagt aber keiner.

Die Marie ist auch ausgetreten, und der 2. Franz schon lang. Die Grete betet jeden Tag, dass es allen gut gehen möge auf Erden, dem Herbert, dem Kroni, dem Ferdl, dem Fritz und dem Werner, der Mutter, dem Vater. Und meinetwegen auch dem 2. Franz und der Kammerlander Anni. Obwohl die Anni nur mehr an das glaubt, was sie sieht. Im Betrieb vom Werner ist kein einziger mehr gottgläubig. In der „Landstelle" sind es auch nicht mehr viele.

Bei einem Begräbnis muss irgendeiner sagen, dass jetzt alles gut ist und dass der Mensch, von dem man Abschied nimmt, im Grunde seines Herzens ein guter Mensch war. Dass der Mensch fehlt, dass die beklopfte Lisa fehlt.

Das müsste wer sagen, wenigstens der Benatzky oder die Mutter. Aber die Mutter traut sich auch nicht, die Grete kommt sowieso nicht in Frage, die heult nur. Und die Frau Ludwig schaut drein, als wäre sie eine Marmorstatue, eine Trauerfigur ganz aus Stein.

Jetzt müsste man was Schönes sagen, denkt der Werner, was ganz, ganz Schönes, während die Träger stumm den Sarg in die ausgehobene Grube gleiten lassen, und auf einmal fällt ihm die Geschichte ein, wie er sich einmal richtig angemacht hat, bei den Ludwigs in der Wohnung, und dann geistesgegenwärtig unter den Teppich gekrochen ist und die Zitronenlimonade aus dem Steinkrug ausgeschüttet hat, und alles, weil die Lisa so gelacht hat, wobei niemand wusste, warum eigentlich.

Lieber Gott, denkt der Werner, lass sie in Deinem Himmel so laut lachen, dass sich die Engel anwischeln. Und als ihm dieses Wort in den Sinn kommt – anwischeln, dass sich die Engel anwischeln – muss er, ohne sich dagegen wehren zu können, hellauf lachen, bis der Benatzky ihm eine schallende Ohrfeige verpasst. Jetzt wirft jeder eine Schaufel Erde auf den Sarg, und dann ist das Begräbnis auch schon wieder vorbei. „Danke", sagt die Frau Ludwig zum Werner. „Sie hat alle zum Lachen gebracht, das hätten wir fast vergessen."

Jetzt weiß ich ehrlich gesagt nicht, ob es wirklich das „Volksblatt" war, für das der Werner gearbeitet hat, damals, als Setzerei-Lehrling, oder die „Salzburger Druckerei". Ich weiß nur, dass bei uns daheim, seit ich denken kann, immer das „Volksblatt" abonniert war und dass meine ersten kleinen Berichte, Jahrzehnte nach seiner Zeit, im „Volksblatt" veröffentlicht worden sind.

Und einmal, ganz am Anfang, das muss in den frühen siebziger Jahren gewesen sein, wollte ich in einer Weihnachtsbeilage etwas über den Songwriter Leonard Cohen schreiben, den ich damals sehr verehrt habe, wie der Werner den Leichtathleten

Jesse Owens verehrt hat, zu seiner Zeit, und irgendein Chef hat mir den Absatz mit Leonard Cohen aus dem Bericht gestrichen und hat mir, weil ich es nicht verstanden habe und bis heute nicht verstehe, erklärt, dass man den Namen Cohen nicht verwenden solle, in „unserer Zeitung" nicht, weil Cohen von Kohn komme und das ein jüdischer Name sei, und außerdem müsse man in einer Weihnachtsausgabe nicht über englisches Zeug schreiben. 1972 oder 1973 war das!!!

Jetzt wird man mich zu Recht fragen, warum ich damals nicht in derselben Sekunde alles hingeschmissen habe und abgehauen bin. Bloß weil ich Journalist werden wollte? Weil den Satz über den Kohn außer mir ohnehin keiner gehört hat? Das mit dem Leonard Cohen glaubt mir Gott sei Dank keiner mehr. Gibt's ja gar nicht! Und nach meinem Tod werde ich es auch vergessen haben, endlich.

Stelenfeld mit Gewitterwolken, Holocaust-Mahnmal, 2711 Betonquader, ich sitze jedesmal auf dem gleichen, auf meinem. Ein paar Steine weiter stehen Touristen, Spanier (?), im Halbkreis, hören einem graumelierten Herrn in dunklem Anzug zu, jetzt beginnt einer zu singen, und dann singen alle, mehrstimmig, ein melancholisches Lied, aus dem das Wort „Amen" herauszuhören ist, immer wieder.

Der Mann, der den kleinen Chor dirigiert, sitzt auf einer Stele, die so hoch ist, dass man von ihr verjagt werden müsste. Der zuständige Stelenwächter hat die kleine Gruppe eine Zeitlang beobachtet, sich schließlich eine Zigarette angezündet und sich weggedreht.

135

Da fängt es heftig zu regnen an, Dutzende Menschen, die man zuvor nicht gesehen hat, tauchen zwischen den Betonblöcken auf, von allen Seiten, spannen Schirme auf oder laufen, sich Reiseführer und Stadtpläne als Hüte über den Kopf haltend, Richtung Holocaust-Denkmal, in den geschützten Raum, in den Raum der Namen, wo du aus den Lautsprechern Namen und Lebensgeschichten hörst, hunderte Namen, hunderte Biografien, von ermordeten Juden.

„Nina Aronowicz wurde 1932 in Brüssel als Tochter polnischer Emigranten geboren. Im Mai 1940 besetzte die deutsche Wehrmacht Belgien, und die Familie floh nach Südfrankreich. Als auch dort die Deportationen begannen, übergaben die Aronowiczs ihre Tochter einer nichtjüdischen Familie. Bald war Nina jedoch auch dort nicht mehr sicher und wurde in ein jüdisches Kinderheim in Izieu im Rhônetal gebracht. Am 6. April 1944 verhafteten Wehrmacht und Gestapo alle 44 Kinder und ihre Erzieher und deportierten sie nach Auschwitz-Birkenau. Dort wurde Nina in der Gaskammer mit Zyklon B erstickt. Sie war 11 Jahre alt."

Die Sänger draußen bei den Betonquadern singen ihr Lied weiter, als hätten sie den Regenguss gar nicht bemerkt, vier, fünf Strophen lang. Amen … Amen … Amen …

Die Sargträger sind schon gegangen, zur nächsten Beerdigung. Zugeschaufelt wird später.

„Magst nicht was spielen für die Lisa?", fragt, bittet die Frau Ludwig. Die Grete holt das Instrument aus dem Koffer und drückt dem Werner, dem Bruder, ein

Notenheft in die Hand. Alle frieren und die Grete besonders. Aber sie hat ja den Schal um den Hals und das Schultertuch vom Kroni drüber. Mit gestrickten Handschuhen hat sie noch nie gespielt, jetzt spielt sie einfach damit und es funktioniert ganz gut. Auch die Bassbegleitung.

Die Marie, die Mutter, summt leise mit, aber bei der zweiten Strophe singt sie mit ihrer schönen, tiefen Stimme: „Stiefel muss ste-erben, ist noch so jung, so jung, Stiefel muss ste-erben, ist noch so jung. Wenn das der Absatz wüsst, dass Stieflein sterben müsst, tät er sich krä-änken bis in den Tod, tät er sich krä-änken …"

„Sind die Kinder daheim?"

„Die Kinder sind am Friedhof."

Der 2. Franz will schon die Tür zuziehen, aber der 1. Franz hält ihm einen kleinen geflochtenen Koffer entgegen. „Gib ihnen das bitte. Sag, es ist von mir, vom Papa, ein kleines Geschenk zu Weihnachten."

„Weihnachten ist erst nächste Woche!"

„Da werd ich nicht in Salzburg sein. Aber das musst du ihnen nicht sagen."

Der 2. Franz nimmt ihm das Köfferchen ab und dann brummt er, als müsse er gegen jede Überzeugung ein gutes Werk vollbringen: „Komm rein!"

Dass die beklopfte Lisa grad beerdigt wird, erzählt der 2. Franz und dass es sicher das Beste für alle sei. Und dass jetzt die Ludwig wohl bald ausziehen müsse, Dreizimmerwohnung für eine Person, das geht nicht.

Dass der Mann und der Sohn zurückkommen, sei ja mehr als fraglich. Und sonst? Wie es mit dem Handlesen gehe. Dass er nicht aus der Hand lese, antwortet der 1. Franz.

„Mir hat einmal eine Zigeunerin aus der Hand gelesen", sagt der 2. Franz. „Hat mir hoch und heilig versprochen, dass ich eine schöne Frau und einen strammen Buben krieg. Aus dem Buben wird wohl nichts mehr. Findest du die Marie schön? Willst du ein Bier?"

Der 1. Franz will kein Bier, er möchte schon weg sein, wenn die Marie mit den Kindern vom Friedhof zurückkommt. „Ich hab sie immer schön gefunden, aber vor allem ist sie eine starke Frau. Und eine gute Mutter."

„Aus dem Werner habt ihr einen Weichling gemacht, eine richtige Memme ..."

„... der Werner ist ein wunderbarer Bub! Der steht seinen Mann. Und hat trotzdem ein Herz!"

„Wenn der an die Front kommt, der scheißt sich doch in der ersten Nacht die Hosen voll!"

„Ich hab ihn sehr lieb, den Werner. Und er ist stärker als du glaubst. Der hält viel aus!"

„Oder ein Glas Wein?"

Auch kein Glas Wein. Der 1. Franz sitzt auf Nadeln. Die werden gleich zurückkommen, und dann wird der 2. Franz ihn vor den Kindern bloßstellen.

„Das mit der Sterndeuterei – hast du das bei den Zigeunern gelernt? Die Zigeunerin, die mir das Kind prophezeit hat, ist jetzt draußen im Lager in Maxglan bei den anderen. Da können sie sich gegenseitig aus den Händen lesen, solange sie noch Hände haben. Ich bin neulich mit dem Rad vorbeigefahren. Hab Photos gemacht. Die hängen an den Gitterzäunen und glotzen heraus, wie die Affen im Käfig. Sind ja irgendwie sehr schön, die Zigeunerinnen, oder?"

Der 1. Franz steht auf und will zur Tür gehen, aber der 2. Franz packt ihn am Ärmel und zieht ihn auf den Küchenstuhl zurück.

„Du hältst mich für einen Scheißkerl, für eine Ratte, ein eiskaltes Arschloch! Stimmt's?"

Aber der 1. Franz sagt nichts. Trinkt das Glas Rotwein, das ihm der 2. Franz hingestellt hat, in einem Zug leer.

„Ich sag dir was", sagt der 2. Franz. „Du schaust in die Zukunft, ich schau in die Gegenwart. Du schwafelst, was einmal sein könnte, ich fahre mit dem Lastwagen, und wenn mich jemand fragt, wo warst du, antworte ich: mal da, mal dort. Was hast du mal da, mal dort gemacht? Irgendwas transportiert. Und was? Aber das muss ich ja nicht wissen. Ich bin der Fahrer. Und wenn ich dir jetzt sage, dass ich manchmal heule, wenn ich nicht schlafen kann, zusammengekauert in meinem Führerhaus oder zusammengekauert auf einer Kasernenpritsche, dann wirst du mir das nicht glauben. Aber das ist mir egal. Wenn der Werner, verstehst du, nicht hart genug ist, wird er sich am dritten Tag eine Kugel in den Mund schießen, weil er es nicht mehr aushält. Verstehst du mich? Und jetzt geh bitte, bevor die anderen kommen. Und halt ja den Mund!"

Vier große Würste, zwei Kuchen und eine Konfekt-schachtel. Ein Geldtäschchen und eine alte Uhr an einer Silberkette. Der Werner hat das Köfferchen sofort aufgemacht.

„Das ist für Weihnachten!", hat ihn die Grete zu bremsen versucht. „Du bist sowas von unromantisch!" Bis Weihnachten wären die Kuchen hart und die Würste weich geworden.

„Die Uhr und das Geldtäschchen hätte er wenigstens einpacken können!", meint die Marie und der Franz zuckt nur mit den Schultern. „Hat er sonst was gesagt?"

„Nichts. Hat angeläutet, den Koffer abgestellt und war auch schon wieder weg!"

Die Grete hat sich das weiße Kleid angezogen, die weißen Bändchen ins Haar geflochten und sich das Tuch vom Kroni über die Schultern gelegt. Der Werner trägt einen dunklen Anzug und eine graue Krawatte. Und die neue Uhr.

„Musst du nicht die Uniform anziehen?"

„Ich glaub nicht. Wir müssen los!"

„Die lassen dich nicht rein ohne Uniform!"

„Dann geh ich einen saufen! Weihnachtsfeiern halte ich sowieso nicht aus!"

Natürlich geht er nicht zur Weihnachtsfeier im Mozarteum. Und die Grete verspricht ihm, großes Ehrenwort, ihn nicht zu verraten. Die Spielgefolg-schaft der HJ in der Musikschule für Jugend und Volk gestaltet die Feier, die gesamte Führerschaft wird anwesend sein. Und die BDM-Mädchen und die

HJ-Kameraden. Pflichtveranstaltung! Aber die Hella hat gestern Nachmittag, als sie ihm ein Manuskript auf die Setzmaschine legte, geflüstert, sie würde sich gerne mit ihm treffen, morgen Abend. Und weil sie doch so traurig war die letzten Wochen, wegen ihrem Vater, der so gut wie sicher gefallen ist, hat er sofort zugesagt. Um 8 im „Pitter". An die Weihnachtsfeier hat er nicht gedacht, die ist ihm auch herzlich egal. Hauptsache endlich wieder einmal mit der Hella beisammen sein.

Hat er ihren Zopf im Hosensack? Ja, hat er. Er steht vor dem „Pitter" und schaut auf die Uhr, die er vom Vater zu Weihnachten geschenkt bekommen hat. Aber da ist es noch immer $1/2\,7$. Er hat vergessen sie aufzuziehen. Gott sei Dank kommt in diesem Augenblick die Hella. Ein kleiner Kuss, seit langem der erste kleine Kuss.

Die Hella ist immer noch traurig, weil die Mutter so traurig ist wegen dem Vater. Dann erzählt ihr der Werner auch noch von der Beerdigung der beklopften Lisa, wie traurig das war, wie die Grete auf der Ziehharmonika gespielt und die Mutter gesungen hat. „Stiefel muss sterben..." Aber dann, bei der Geschichte, wie er sich einmal, weil die Lisa so gelacht hat, in die Hosen gemacht, sich unter den Teppich gerollt und die Zitronenlimonade verschüttet hat, damit keiner was merkt, muss die Hella lachen, endlich wieder. „Noch zweimal Eierlikör, Fräulein!"

Jetzt zeigt er ihr ihren Zopf, den er immer bei sich trägt, und auch die Zeichnung würde er ihr gerne zeigen. Sie, Hella Sachs, als Meisterakrobatin, als die, die kopfüber an der Decke laufen kann. Aber die Zeichnung hat ihm ein Polizist zerrissen, weil er nicht gewusst hat, wo der Kremsmayer Robert steckt.

„Kannst du Seiltanzen?", fragt der Werner.

„Als Kind hab ich das ganz gut gekonnt", antwortet die Hella. „Ich wollte immer zum Circus! Das hab ich dir doch schon erzählt."

Hat sie ihm nicht erzählt. Er hat sie in den Circus Medrano eingeladen, zu ihrem 15. Geburtstag, aber dann ist er zu spät gekommen, und der Kremsmayer Robert ist neben ihr im Zelt gesessen und mit ihr weggegangen. Über den Circus haben sie dann nie mehr geredet. Über Jesse Owens und die Schauspielerin Marie Luise Claudius, und über die Liebe, ein bisschen, über den Vater, die Traurigkeit, nicht über den Circus. Und darüber dass sie zum Circus wollte, schon gar nicht. „Du kannst Seiltanzen?!"

„Warnung vor Taschendieben auf dem Kirchhof, besonders nachmittags und an den Wochenenden!" Das ist der Dorotheenstädtische Kirchhof Nr. 2, der an der Liesenstraße. „Laut Beschreibung von Zeugen ist der Verdächtige untersetzt, ca. 1'65 groß, dunkelhäutig, schwarze geflochtene Haare. Lassen Sie Ihre Taschen nie unbeaufsichtigt!"

Das Mausoleum der Circusfamilie Busch. Und die Ehrengräber der Circusfamilie Renz und von Albert Schumann, Circusdirektor. Bei Renz wurde die erste Löwendressur der Welt gezeigt, Schumann hat Brauerpferde dressiert, die Paula Busch hat zuerst mit einem Mann, dann mit einer Frau zusammenge-

lebt und die liegt jetzt auch im Familiengrab. Wer stiehlt auf Friedhöfen Taschen?

Die Fotos find ich nicht mehr, aber ich weiß, dass es Fotos gege-ben hat in Schachteln im Keller oder am Dachboden, diese Brief-markenformatfotos, viel Chamoise rundherum und das eigentliche Bild so klein, dass man eine Lupe gebraucht hat. Ein Mann in Uniform steht bei seinem Lastwagen, einen Fuß hat er auf den Tritt zum Führerhaus gestellt, der Mann schaut in die Kamera, lacht, scheint zu lachen, in der Erinnerung lacht er immer weni-ger, ich glaube, der hat nicht gelacht, das mit dem Lachen ist Einbildung, aber die Position des Fußes bleibt immer gleich.

Und hinten drauf, auf der Ladefläche, er ist ja nur der Fahrer, für die Ladefläche sind andere zuständig, das Ladeflächen-personal, hinten drauf liegen Menschenkörper, übereinander geschlichtet. Waren das Menschenkörper? Man sieht ja so viel im Fernsehen, in Büchern, später ist man immer viel gescheiter und weiß, was auf der Ladefläche eines Lastwagens gelegen hat, obwohl das Foto so aberwitzig klein war. Und wer ist das über-haupt, der mit dem Fuß auf dem Tritt zum Führerhaus? Kennen wir den? Muss man jeden kennen, dessen Foto in einer Fotoschachtel liegt?
Auf dem Trödelmarkt an der Straße zum 17. Juni, in der Nähe vom Tiergarten, kannst du ganze Alben mit Fotos von Men-schen, die du nicht kennst, um wenig Geld erwerben, Briefe von Menschen an Menschen, von denen du nie was gehört oder gele-sen hast. In einem Köfferchen hat einer vor ein paar Wochen Ballettschuhe, Varietéplakate, Programmhefte einer ehemaligen Tänzerin gekauft. Hat nachgeforscht und die alte Frau in einem

Seniorenheim in Berlin ausfindig gemacht. Ist im „Tages-spiegel" gestanden. Aber die wollte nicht mehr reden über die alten Zeiten.

Dinge werden abgegeben, weil sie niemand mehr braucht, und ein anderer kauft sie und reimt sich aus den Zufallsprodukten irgendwelche Geschichten zusammen. In einer Fotoschachtel auf dem Trödel beim Tiergarten hab ich mit dem ersten Griff eine Ansichtskarte vom Friedhof St. Peter in Salzburg rausgefischt. Du fährst nach Berlin, 750 Kilometer weit, und was rutscht dir in die Hände? Eine Postkarte aus Salzburg, wo du grad her-kommst. Jetzt kannst du natürlich lesen, dass jemand, der irgendwann Salzburg besucht hat, seinen Lieben in Berlin schreibt, wie schön es in Salzburg war und wie beeindruckend vor allem der Peters-Friedhof ist. Und ob es der Mutter hoffent-lich besser geht. Und kannst darüber Geschichten erfinden.

Oder du greifst daheim, als Kind schon, in den fünfziger Jahren, sagen wir, in eine Fotoschachtel, die du beim Stöbern auf dem Dachboden oder im Keller zufällig entdeckt hast, vor oder nach einer Übersiedlung, ziehst ein winzigkleines Bild heraus mit einem Lastwagen, einem Mann, der den Fuß auf dem Tritt zum Führerhaus platziert hat, und auf der Ladefläche liegen, übereinander geschlichtet, Menschenkörper. Dann fragst du, aber du erhältst keine Antwort. Vielleicht hat sich da wirklich ein Bild in die Schachtel mit dem alten Kram verirrt, das nicht zu euch und eurer Geschichte, unserer Geschichte gehört. Man würde ja verrückt werden, wenn es anders sein sollte!

„Dass du immer gleich heulen musst", spottet die Kammerlander Anni, weil sich die Grete unten im

Foyer des Mozarteums noch immer die Augen wischt und schon wieder die Nase putzt.

„Du bist herzlos!", faucht die Grete. „Du hast ein Loch da drinnen!" Und dabei klopft sie sich auf die Herzgegend.

„Ich hab ein Loch da drinnen!", antwortet die Anni und klopft sich auf den Bauch. „Ich muss sofort was essen, sonst sterbe ich! Siehst du die zwei Burschen?"

Natürlich sieht Grete Schöner die zwei Burschen in der HJ-Uniform, die haben ja während der ganzen Weihnachtsfeier immer zu ihnen herübergeschaut. „Und?"

„Die werden uns gleich auf ein feines Abendessen einladen!"

„Du spinnst!"

Die Burschen heißen Gustl und Viktor; jetzt sitzen sie mit der Anni und der Grete im „Gablerbräu". Sie sind nicht viel älter als der Werner, aber das macht nichts. Sagt die Anni. Mechaniker-Lehrling der eine, Bäcker-Lehrling der andere. Ein bisschen schüchtern. Die Kammerlander Anni bringt sie schon in Schwung.

Im „Gabler" ist es bald zum Bersten voll; BDM-Mädels und HJ-Burschen, alle von drüben von der Weihnachtsfeier. Und eine Schar Burschenschaftler am Stammtisch.

Die Grete würde jetzt lieber mit dem Fritz beisammen sitzen, aber der ruft seit Tagen nicht an. Oder mit dem Scharfetter Ferdl, oder mit dem Hannes, seinem

Onkel. Mit dem Herbert Willi, mit dem Kroni. Vor allem mit dem Kroni. Jetzt muss sie sich wieder die Nase putzen.

„War ziemlich fad", sagt der Bäcker-Lehrling, und die Anni säuselt: „Hauptsache, du bist nicht fad!" Jetzt kommen endlich die Getränke, und sie stoßen „auf Weihnachten" an und trinken, als wären sie kurz vorm Verdursten.

„Ist die krank?", fragt der Mechaniker, weil sich die Grete schon wieder die rotgeweinten Augen reibt.

„Sie ist melancholisch", antwortet die Anni. „Der geht alles immer gleich zu Herzen. Mir in den Bauch. Auf was ladet ihr zwei Hübschen uns ein?"

Aber die Burschen behaupten, sie hätten ihr ganzes Erspartes für Weihnachtsgeschenke ausgegeben, für die Familie. Die Kammerlander Anni bestellt vier Laugenbretzen und stellt fest: „Die Getränke zahlt ihr!"

Eigentlich mag Grete Schöner dieses Lied überhaupt nicht – „Hohe Nacht der klaren Sterne". Da ist ihr „Stille Nacht, heil'ge Nacht" tausendmal lieber. Aber die dritte Strophe, am Schluss der Weihnachtsfeier im Mozarteum, hat sie tief im Herzen berührt. Da sind ihr die Tränen nur so über die Wangen geflossen, und sie, die Grete, hatte nicht die geringste Chance den Tränenfluss aufzuhalten.

An die Mutter hat sie denken müssen und an die Frau Ludwig und an die Lisa. Denkt noch immer an sie, obwohl es jetzt hoch hergeht im „Gabler", sie ihren zweiten Wermuth getrunken hat und im ganzen Lokal laut gegrölt und gesungen wird.

Die Anni küsst den Mechaniker, der Bäcker versucht es bei der Grete. „Wenigstens die Hand", aber sie zieht die Hand sofort zurück.

„Mütter, euch sind alle Feuer / alle Herzen aufgestellt". Die Frau Ludwig ist jetzt keine Mutter mehr, der ist ein Töchterlein gestorben, und der Sohn wird wohl auch nicht mehr leben. Der Werner hat sich für 12 Jahre verpflichtet, und der Fritz rührt sich nicht. Jetzt schmiegt sie sich in das reizende Schultertuch vom Kroni und denkt: wenn er zurückkommt, werde ich mich ihm versprechen, für immer.

Der Bäcker küsst der Grete die Hand, sie zieht sie nicht zurück. Die Burschenschaftler am Stammtisch haben sich die nächste Runde Bier bestellt. Sie stemmen die vollen Bierstiefel hoch und singen so laut, dass es der Grete in den Ohren weh tut: „Stiefel muss ste-erben, ist noch so jung, so jung, Stiefel muss ste-erben, ist noch so jung…"

Nach der Strophe saufen sie das Bier, ohne abzusetzen, bis der Glasstiefel leer ist. Dann das Ganze von vorne. Die Kellnerinnen kommen mit dem Einschenken kaum nach.

„Stiefel muss ste-erben…"

Die Grete heult, den Kopf an die Schulter des Bäcker-Lehrlings gelehnt, wie ein Schlosshund.

„Unser Sonnenschein ist zurück", ruft der Herr Lutz, „na dann kann ja det olle Weihnachten kommen!"

Hella Sachs kann wirklich mit ihrem Lächeln einen düsteren Maschinenraum erhellen. Schwebt durch

den Raum, kleine anmutige Schritte, legt den Männern Manuskripte auf die Pulte und zuletzt dem
Werner.

„Danke!"
„Danke für gestern!"
Mehr sagen sie nicht, mehr muss man nicht sagen,
kann man nicht sagen, weil die Kollegen an den Setzmaschinen herschauen und so schäbig grinsen.
Werner Schöner tippt irgendwas von der „beispiel-
gebenden Weihnachtsfeier im Großen Saal des
Mozarteums", die er der Hella wegen geschwänzt hat,
von irgendwem aus der Redaktion geschrieben, von
einem Blockflöten-Trio, von Weihnachtstänzen und
einem Jungmädchenchor. Denkt dabei an die Hella
und dass sie gleich nach seiner Rückkehr aus dem
Winterlager bei ihm daheim in der Waschküche eine
Seiltanznummer ausprobieren wollen, von der die
ganze Welt reden wird!
„Der Abend, der mit der dritten Strophe ..." Werner
Schöner muss den Satz dreimal lesen, wegen der Hella
oder weil der wirklich so umständlich geschrieben ist,
bevor er ihn fehlerfrei in Blei tippen kann. Also: „Der
Abend, der mit der dritten Strophe der ‚Hohen Nacht
der klaren Sterne', mit den Worten ‚Mütter, euch sind
alle Feuer, alle Herzen aufgestellt' ausklang – es ist klar,
dass bei einer solchen Betrachtung des Weihnachts-
festes die deutsche Mutter in dessen Mittelpunkt
rückt – hat allen Jungen und Mädeln ein schönes
Erlebnis in die Weihnachtsferien mitgegeben."

148

Die Mutter hat den Christbaum geschmückt, das muss einfach die Mutter machen, obwohl die Grete 17 ist und der Werner 16, die beiden also keine Kinder mehr sind. Der Mutter haben sie gemeinsam ein Römer-Wein-Service gekauft und in das Weihnachtspapier mit den bunten Sternen eingepackt. Der Werner hat eingepackt, weil die Grete die ganze Zeit über die Briefe vom Ferdl, vom Herbert und vom Fritz gelesen hat. Der Fritz ist auch an der Front, von einem auf den anderen Tag entschwunden.

Die Neulinger vom Büro hat der Grete ein Notenheft („Schlager der Welt" für Akkordeon, mit Liedern wie „Das Fräulein Gerda" oder „Hörst du mein heimliches Rufen", viel zu schwer gesetzt) und ein Parfüm geschenkt; der Herbert hat seinem Weihnachtsbrief ebenfalls ein Notenheft (leer) beigelegt. Das kommt alles unter den Baum.

Die Grete hält sich die Hand schräg vors Gesicht, dass sie den Boden unter dem Baum, nicht aber den aufgeputzten Baum selber sehen kann. Auch die Konfektschachtel und das Geldtäschchen vom Vater legt sie dazu.

Jetzt übt sie noch zweimal „Stille Nacht", auswendig. Wenn das Warten nicht so schwer fiele! Dass der Kroni nicht noch einmal geschrieben hat, ärgert sie ein bisschen, obwohl sie sein Geschenk, das reizende Schultertuch, über alles liebt.

Der Werner verdrückt sich am frühen Nachmittag mit dem Fahrrad, nur ganz kurz. Im Mirabellgarten hat er sich mit der Hella ein Stelldichein ausgemacht, für fünf Minuten; sie muss ja gleich zurück, weil sie die Mutter nicht allein lassen will an so einem Tag; die tut sich womöglich was an.

„Aber erst bei der Bescherung auspacken!" Das Geschenk vom Werner ist so groß und flach, dass sich unter dem Papier mit den bunten Sternen ein Zeichenblatt befinden könnte." Das Geschenk von der Hella fühlt sich an wie ein daumennagelgroßes Herz. „Aber erst bei der Bescherung!"

Ein kleiner Kuss, ganz keusch, würde die Grete sagen. Und die kennt sich da aus.

Die Mutter kocht eine starke Suppe, in die sie später, wie es der Brauch ist, Würstel und Eiernudeln geben wird. Die Grete hat ihr Tagebuch aus der Kommodenlade geholt, bis zur Bescherung ist noch Zeit, und liegt jetzt auf ihrem Bett und schreibt:

„24. 12. 1940: Heute ist Weihnacht! In der Früh war ich bei der Kammerlander Anni und brachte ihr ihr Geschenk von mir. Auch sie gab mir eines, das aus einem Notenheft und einer Lilienmilchcreme bestand. Wir waren über unsere Geschenke ganz erfreut."

Kurz vor Mitternacht ist der 2. Franz gekommen, die Grete und der Werner haben schon geschlafen, aber die Marie war noch wach.

„Kommt's, Kinder!", hat die Marie sie geweckt, „der Franz möchte euch was sagen!"

150

„Geht das nicht morgen?", hat der Werner gebrummt, im Halbschlaf, aber es geht nicht morgen.

„Was hast du da um den Hals?", hat die Mutter gefragt, als der Werner mit nacktem Oberkörper aus dem Bett gekrochen ist. Dass das ein Herz ist, sieht ein Blinder; dass das Herz aus einer Patronenhülse gemacht ist, die Hellas Vater seiner Tochter geschenkt hat, beim letzten Wiedersehen, vor Monaten, muss niemand wissen.

Die Grete hat geschlafen und nichts gehört, die hat die Mutter richtig wachrütteln müssen. „Der Franz ist da!"

„Frohe Weihnachten", hat der 2. Franz den Kindern gewünscht und ihnen je zwei Päckchen in die Hand gedrückt.

„Das ist von den Kindern!", hat die Marie gerufen und ihm die Cognac-Flasche, die sie selbst gekauft und mit dem Sternenpapier verpackt hat, überreicht. Dem Werner hat der Franz seinen alten Photoapparat geschenkt und eine Schachtel mit Schiwachs, fürs Winterlager. Und der Grete ein Notenheft (leer) und zwei Schallplatten fürs Grammophon. „Roter Mohn" und „Das Fräulein Gerda". Das hat sicher die Mutter besorgt, hat die Grete gedacht, das wäre dem Franz nie eingefallen, und hat sich trotzdem gefreut und ihm sogar einen Kuss auf die stoppelige Wange gedrückt.

„Und jetzt", hat der Franz gesagt, nachdem er einen Schluck aus der Cognac-Flasche genommen und die Marie an der Hand gefasst hatte, „frag ich euch, ob ich … ob euch das recht wäre … wenn die Marie und ich … wir wollen heiraten. Noch heuer!"

Noch heuer? Und das sagt er am 25. Dezember, 1 Uhr früh?

Ich muss ins Winterlager, hat der Werner gedacht, ich kann gar nicht zur Hochzeit kommen. Und die Grete hat, bevor sie etwas sagen konnte, zu heulen begonnen, wie in „Das Herz einer Königin" oder in „Jud Süß". Dann ist sie der Mutter um den Hals gefallen und hat dem 2. Franz auch die andere Wange geküsst.

„Aber warum so bald?"

Weil der Franz, der Stiefvater, der künftige Mann von der Mutter, am 2. Jänner 41 an die Front muss. Irgendwohin. Wohin, weiß er nicht oder sagt er nicht. Er sagt ja nie etwas. Obergefreiter ist er und den Lastwagen wird er fahren, nur halt woanders als bisher. Mehr muss man nicht wissen. Mehr weiß auch die Mutter nicht.

Die Marie hat nicht geweint, die ist gegen solche Gefühlsausbrüche gewappnet. Die Glückliche, hat die Grete gedacht.

„Hochzeit ist am 29.!"

„Da ist der Werner schon auf Winterlager …"

„Es ist der einzig mögliche Termin", hat der Franz die Grete unterbrochen, und dass die Marie seinen Namen tragen soll, wenn ihm was zustoßen sollte. Kubelka. Marie Kubelka.

„Heulst halt für mich mit", hat der Werner die Grete gehänselt und sie mit dem Apparat vom Franz fotografiert, worauf der Schwester gleich wieder die

Tränen gekommen sind. „Außerdem bin ich gar nicht frisiert!"

Dann haben sie mit Wein angestoßen. Auf die Marie und auf den Franz, den Stiefvater. Jetzt stimmt's ja bald. Die Grete hat eine von den neuen Schellackplatten aufgelegt.

„… Roter Mohn, warum welkst du denn schon / wie mein Herz sollst du glüh'n und feurig loh'n. / Roter Mohn, den der Liebste mir gab / welkst du, weil ich ihn schon verloren hab?"

Wieso hast Du über diese Hochzeit nichts geschrieben? Aus lauter Rührung? Oder in ein eigenes Heft? Oder hat die Mutter gesagt: Über die Hochzeit schreibst du aber nichts!?

Oder hab ich die Hochzeit nur erfunden, weil ich weiß, dass im September 1941 den beiden ein Kind geboren wird, doch noch ein Kind, ein Bub, der Walther, aber dass der Franz ihn nie sehen wird und dass der Bub im Jänner 1943, im Alter von 16 Monaten, an der Stollenkrankheit, nach einer Lungenentzündung, die er sich im Luftschutzkeller im Mönchsberg geholt hat, sterben wird?

Ich hab ja keine Hochzeitsurkunde von den beiden, die muss bei einer Übersiedlung verloren gegangen sein, aber ich weiß, dass sie geheiratet haben müssen, weil die Marie ihren Namen geändert hat, weil meine Großmutter Kubelka geheißen hat und nicht Schöner. Und weil ich die Totenbescheinigung habe, die Parte aus der Zeitung und die Rechnung der Bestattungsfirma.

*„Gestorben am 4. Januar 1943, 6 Uhr 30, Landeskranken-
haus, Kinderabteilung."*

*„... unser größtes Glück und Trost, unser innigstgeliebtes, goldi-
ges Söhnlein, Brüderlein ..."*

*„... Durchführung nach Klasse III. / Reinigen, Ankleiden,
Leichenkleid ... Leichenhausgebühr, Totengräber ... Toten-
beschau, 50 Trauerparten ... RM 134,50. Betrag dankend
erhalten, Städt. Leichenbestattungs- und Überführungsanstalt,
Mozartplatz 5."*

*Und das „Lebensbuch", sein „Lebensbuch", in hellblaues
Leinen gebunden, so groß wie Mutters Tagebuch. Lauter leere
Seiten. Nur ein einziger Eintrag. Ich hasse dieses Buch wegen
des mit einer blauen Tinte in deutscher Kurrentschrift verfassten
zehnzeiligen Eintrags irgendeines Menschen, eines Taufzeugen,
dessen oder deren Namen ich nicht entziffern kann:*

*„Lieber kleiner Walther!
Zum heutigen Tage begrüßt Dich die deutsche Jugend auf das
Herzlichste und wünscht Dir alles Beste für Deine fernere
Zukunft. Wir wünschen Dir im besonderen, dass Du einst ein
strammer Hitlerjunge wirst und aus unseren Reihen kommend
der tüchtige Arbeitsmann, der Soldat und Kämpfer für unseren
Führer und unser schönes Vaterland bist.
Salzburg, den 18. 11. 1941"*

Ich übergebe dem Feuer!

154

„Wegen meiner hättste nich' kommen müssen", sagt der Herr Lutz, „wo du doch morgen aufs Lager fährst."

Aber Werner Schöner ist gar nicht wegen dem Herrn Lutz gekommen und schon gar nicht wegen der Arbeit. Er will die Hella endlich wieder einmal sehen, einmal noch vor der Abreise, drei Wochen ist eine lange Zeit. Seit dem Heiligen Abend hat er von ihr nichts gehört. Zu Silvester können sie höchstens telephonieren.

Er wird zum ersten Mal in seinem Leben Silvester nicht in Salzburg sein, nicht mit der Grete und der Mutter verbringen, obwohl die Grete ohnehin schon angekündigt hat, dass sie diesmal auswärts feiern wird. Und was die Mutter und der Franz machen, wo er doch zwei Tage später an die Front muss, weiß man natürlich auch nicht.

In den letzten Jahren hat der Werner immer mit der Grete und der Mutter um Mitternacht einen Walzer tanzen müssen, was er gehasst hat, aber jetzt, wo er weiß, dass er zu Silvester um Mitternacht mit hundert Burschen beisammen ist, irgendwo in einer kasernenartigen Unterkunft, sehnt er sich richtig nach dem blöden Walzer.

Das erste Mal, dass er die Grete nicht mit einem schaurigen Juxartikel erschrecken kann! Einmal, Silvester 38 auf 39, ist sie richtig in Ohnmacht gefallen, wo sie doch nicht das allerbeste Herz hat, als er, der Bruder, eine blutige Fingerattrappe in der

Küchentür eingeklemmt und dann einen lauten Schrei losgelassen hat. Da ist die Grete aus dem Schlafzimmer gestürzt, hat geglaubt, das sei Werners Finger und ist umgefallen. Letztes Jahr zu Silvester hat er ihr eine Gummispinne ins Bett gelegt. Da hat die Grete auch laut aufgeschrieen, aber ohnmächtig ist sie nicht geworden.

„Hab nix für dich zum Malochen", sagt der Herr Lutz, „zwischen den Feiertagen fahren wir auf Sparflamme. Kannste ja die Maschine schrubben!" Und weil Werner Schöner alles andere als begeistert dreinschaut: „Geh heim zu Muttern, Junge! Pack dir mal den Koffer!"

Heim will Werner Schöner nicht. Daheim übt die Grete die ganze Zeit auf der Ziehharmonika, weil die Mutter sich irgendeinen Brautchor aus irgendeiner Oper für die Hochzeit wünscht. Aber das Stück muss wahnsinnig schwer sein, weil die Grete so falsch spielt. „Zur Not spiel ich auf der Mundharmonika", hat die Grete spät in der Nacht, als die Melodie noch immer nicht sehr schön klang, gesagt. Und die Mutter hat sie beruhigt: „Übermorgen kannst du das!"

Die Mutter hat die Verwandtschaft per Telephon oder bei persönlichen Besuchen eingeladen, für einen Brief ist es viel zu spät. „So eine große Hochzeit wie beim Heinz wird das nicht", hat sie gesagt, ein bisschen wehmütig.

„Das ist ja was rein Formelles, dafür brauchen wir den Circus nicht", hat der Franz erwidert. „Ein Ring, eine Unterschrift. Wir sind keine Kinder mehr. Feiern kann man später, irgendwann später. So richtig groß feiern."

Ob sie wen vom Haus einladen sollen? Sicher nicht, höchstens die Frau Ludwig, aber die ist ja auch am Heiligen Abend nicht rübergekommen und an den Feiertagen hat sie nicht aufgemacht, dabei hat die Marie mehrmals an ihre Wohnungstüre geklopft.

Wo die Hella bleibt?

„Soll ick mal nach dem Mädel gucken?", fragt der Herr Lutz, als könnte er hellsehen.

Werner Schöner hebt nur wie beiläufig die Schultern, und das heißt: Ja, bitte!

Hella Sachs schaut dem Werner nicht in die Augen, als sie ihm ein Manuskriptblatt auf das Pult legt. „Muss aber nicht heute sein, hat der Herr Doktor gesagt. Ist erst für übernächste Woche." Sagt es und schaut zu Boden.

„Gefällt dir die Zeichnung nicht?"

„Die Zeichnung ist wunderschön. Danke!"

„Die ist so schön, weil du so schön bist, Hella! Ich hab so oft angerufen ..."

„... unser Telephon war kaputt."

Die Hella schaut nicht mehr zu Boden, sie schaut auf das Herz, das sie dem Werner geschenkt hat und das er an einem Kettchen um den Hals trägt.

„Die Mutter wollte sich am Christtag die Adern schneiden", flüstert das Mädchen, „aber ich war ja in der Wohnung und es hat nicht sehr geblutet. Ich hab ihr einen Verband gemacht, gut dass wir das gelernt haben beim BDM. Jetzt wohnt die Tante Elke bei uns."

Werner Schöner küsst der Hella beide Hände. „Wenn ich zurück bin, dann probieren wir die Nummer auf dem Seil aus, in der Waschküche. Und im Sommer treten wir in Linz auf. Oder in Berlin! Ich sag dich an und du tanzt auf dem Seil und dann kopfüber, hoch droben."

„Willste nich' doch heimgehen?", fragt der Herr Lutz. „Und du och, mein Sonnenscheinchen?"

Aber der Werner und die Hella schütteln die Köpfe; dann geben sie einander die Hand, wie sich gute Kameraden die Hand geben, und die Hella huscht aus der Setzerei, so leise, wie sie gekommen ist.

„Tippste halt den Kram", murmelt der Herr Lutz, nachdem er das Manuskript, das die Hella aus der Redaktion gebracht hat, überflogen hat. „Wenn der Herr Doktor meint…"

„Am 17. Januar ist Sammeltag! Zigeunerinnen hypnotisieren den ‚Geldsack'. Ein Dutzend Schülerinnen des Lehrerinnenseminars werden in originellen Kostümen für das Winterhilfswerk werben. Sie werden sich als Zigeunerinnen kostümieren und den Salzburgern ganz große Horoskope stellen! Es wird ihnen auch ein 3 Meter breites und 5 Meter langes Zelt zur Verfügung gestellt, das vor dem Mirabellgarten aufgestellt wird. Dort wird dann ein richtiges Zigeunerlager aufgeschlagen. Die Mädchen wollen vor dem Zelt einen Kochkessel heizen, Tee kochen, auch Musik machen, unter Umständen, wenn es die Witterung zulässt, Tänze aufführen und die Passanten ins Zelt schleifen, wo ihnen dann gegen den entsprechenden Obolus geweissagt wird …"

„Mitkommen!"
Die Kammerlander Anni ist im Schlafanzug, als sie die Türe öffnet. Zwei Uniformierte und ein Hund.
„Das muss ein Missverständnis sein."
„Natürlich", sagt der, der den Hund an der Leine hält. „Sie sind Anni Kammerlander?"
„Und? Ist das verboten?"
„Mitkommen!" Der Zweite fasst sie heftig am Arm.
„Mutter!!!"

Kein Brief vom Kroni, dafür einer vom Horst, noch vor Weihnachten abgeschickt. Der Kroni ist ein Schuft, denkt die Grete, der hat mich vergessen. Aus den Augen, aus dem Sinn. Dann weint sie, weil ihm vielleicht doch was zugestoßen sein könnte. Aber der Kroni ist ja unbesiegbar. Wenn der zurückkommt, dann will sie sich ihm versprechen. Das hat sie geschworen. Und sie hält ihre Schwüre.
„Roter Mohn", zum zehnten Mal. Der Anfang ist wunderschön. „Es war im Frühling, da gingen wir beide durch die Felder mit frohem Gesicht, tief im Herzen den Lenz und die Freude …", dann wird es

einem schwer ums Herz. Dann geht es um den Herbst und die Traurigkeit. Sie nimmt die Grammophonnadel von der Platte und steckt den „Roten Mohn" in die Papierhülle.

Der Werner hat's gut, der ist in Wagrain mit lauter fröhlichen Kameraden, sie sind ja im Winterlager und nicht im Schützengraben. Die Mutter und der Franz kommen überhaupt nicht mehr nach Hause, weil er in ein paar Tagen wegfährt und sie jede Sekunde beisammen sein und Abschied feiern wollen. „Das junge, alte Ehepaar!"

Dass sich die Anni nicht meldet, ärgert die Grete. Aber so ist sie. Morgen ist Silvester und sie haben sich noch nichts ausgemacht, nichts Genaues jedenfalls. Dass sie gemeinsam feiern, das schon, immerhin sind sie die besten Freundinnen, aber nicht wo und nicht mit wem! Die Mutter hat gesagt, den Jahreswechsel möchte sie mit dem Franz verbringen, daheim, zu zweit allein.

Der Grete macht das nichts aus, die ist ohnehin auf Fortgehen und Tanzen eingestellt, auf Küssen vielleicht sogar. Ins neue Jahr hinübertanzen, in ein wunderbares, aufregendes Jahr, das fühlt sie. Das wird ihr Jahr. Ihr Jahr! Da erfüllen sich all ihre Träume!

Vom Vater hat sie sich ein Horoskop gewünscht, nur für sich, für das Jahr 1941, die Liebe betreffend. Aber der Vater ist einfach verschwunden. Hat das Köfferchen mit den Weihnachtsgeschenken vor der Wohnungstür abgestellt und nichts mehr von sich hören lassen.

„Ihr kennt doch euern Vater", hat die Marie gesagt, weil die Grete und der Werner sich Sorgen gemacht haben. „Der taucht auf und ist weg. Das sind seine Launen. Das war immer so. Hat mich oft ganz verrückt gemacht. Man muss sich auf jemanden verlassen können, gerade in diesen Zeiten. Auf den Franz kann ich mich verlassen. Euer Vater, da seid ihr noch ganz klein gewesen, ist manchmal in der Früh aufgestanden, hat seinen Rucksack gepackt und war dann zwei Wochen verschollen. Und wenn ich ihn gefragt habe, wo er gewesen ist, hat er bloß gegrinst, ihr kennt ja sein Grinsen, und nichts gesagt. Der taucht schon wieder auf, keine Angst! Wenn man sich um jemanden keine Sorgen machen muss, dann ist es euer Vater!"

Grete Schöner schlüpft in ihren dicksten Pullover und zieht sich die Haube mit dem Norwegermuster in die Stirn. Dazu hat sie sich die Rentierfell-Hausschuhe vom Horst über die Hände gestülpt. Das schaut komisch aus, aber es wärmt. Kein Wetter zum Radfahren, aber zur Kammerlander Anni kommt man so schlecht mit dem Bus. Ein Taxi kann sie sich nicht leisten, das Geld wird fürs Feiern benötigt. Der Anni wird sie die Leviten lesen! Sich einfach nicht zu melden, so kurz vor Silvester! Auf dem Rückweg will die Grete noch beim Louis Lona vorbeifahren und ein paar Scherzartikel kaufen, dass es recht lustig wird morgen Nacht.

„Sie haben sie einfach mitgenommen!" Die Frau Kammerlander zieht die Grete an sich, drückt sie ganz fest und will sie gar nicht mehr loslassen.

„Aber warum?!"

„Die haben nichts gesagt, nur: Mitkommen! Waren von der Gestapo, glaub ich. Weißt du irgendwas? Ihr steckt doch die ganze Zeit beisammen!"

Die Grete hat keine Ahnung. Mit einem Bäcker- und einem Mechaniker-Lehrling haben sie sich getroffen nach der Weihnachtsfeier im Mozarteum. Dass die Anni manchmal ein bisschen laut ist, im Kino oder im „Gabler" neulich bei der Führerrede. Aber das ist doch keine Sünde. Sie hat ja nichts Schlimmes getan! Und schon gar nichts, wofür man verhaftet werden muss!

„Hat sie was gesagt, was man nicht sagen darf?"

„Was soll sie gesagt haben?!"

„Irgendwas gegen den Krieg oder gegen die Partei oder gegen unseren Führer?!"

„Nie! Sie hat auch immer mit dem Hitlergruß gegrüßt, Ehrenwort! Heil Hitler und den Arm ausgestreckt!"

Jetzt bin ich ganz allein, denkt die Grete beim Heimfahren. Der Werner ist im Winterlager, die Mutter und der Franz wollen nicht gestört werden, der Kroni rührt sich nicht, der Ferdl rührt sich nicht, auch nicht der Hannes und der Herbert. Der Vater ist verschollen, einfach so. Und die Anni haben sie verhaftet! Prosit Neujahr! Ich werde Silvester auf dem Friedhof verbringen, bei der Lisa.

Zur Vorsicht, falls sie doch noch ihre Pläne ändern wird, kauft Grete Schöner beim Louis Lona eine Schachtel mit diesen Zuckerwürfeln, aus denen, wenn sich der Zucker im Glühwein oder im Punsch auflöst, ganz hässliche Gummifliegen auftauchen. Dann kauft sie noch eine Packung Zigaretten, die explodieren, wenn man sie anzündet, aber nur ganz leicht, sodass niemand in Ohnmacht fallen kann, die aber dafür furchtbar stinken.

„Wo warst du so lang?"
Die Kammerlander Anni hockt auf der Treppe neben der Tür zu Gretes Wohnung. „Ich warte seit einer geschlagenen Stunde!"
Die Grete hockt sich zur Anni, dann umarmen sich die beiden Freundinnen.
„Warum haben sie dich verhaftet?"
„Wo feiern wir morgen Nacht?"
„Sag schon, warum?"
„Will aber nicht!"
„Bitte!"
Dann erzählt die Kammerlander Anni, dass sie von den Gestapo-Männern mit einem Polizeiauto in die Franziskanergasse gebracht worden ist, dort wo früher das Kloster war, und dass in irgendeinem Dienstzimmer der Gabriel Moser auf einem Sessel gehockt sei.
„Kennen Sie den?", hat einer gefragt.
Aber die Anni hat „nein" gesagt, „nein, warum?"
Der Gabriel hat nur zu Boden geschaut.

163

„Dieser Herr hat behauptet, dass Sie seine Geliebte sind, dass es mehrmals zwischen Ihnen beiden zu geschlechtlichen Handlungen gekommen sei!"

„Juden-Hure!" hat einer quer durchs Zimmer geschrieen.

„Dann lügt er", hat die Anni gesagt und gehofft, so schnell wie möglich dieses Gebäude verlassen zu können. Mehrmals!? Dreimal vielleicht, ist es durch ihren Kopf gegangen, das ist schon ein halbes Jahr her. Aber warum hat er das verraten? Das bisschen Liebelei?!

„Sie behaupten, dieser Herr lügt?"

„Ja". Dann hat sie erst gesehen, dass Gabriel Mosers Wangen ganz verschwollen waren, die Augen blutunterlaufen. Wieso ist er nicht längst, wie die anderen, irgendwann abgehauen?! Irgendwohin.

„Also gut", hat ein Uniformierter gesagt, „die Dame kennt den Herrn nicht. Obwohl er ihren Namen und ihre Adresse bekannt gegeben hat. Hat er sich halt geirrt!"

Jetzt kann ich gehen, hat die Anni gedacht und wollte schon aufstehen. Aber der Uniformierte hat sie in den Sessel zurückgedrückt.

„Da gibt es allerdings noch eine Kleinigkeit!" Jetzt ist er lange vor ihr gestanden und hat einfach gegrinst.

„Dieser Herr", hat er gezischt, „hat uns ein kleines Geheimnis verraten, das wir jetzt gemeinsam lüften wollen. Das wollen wir doch, oder?

Die Anni hat ihm stur in die Augen geschaut und mit keiner Wimper gezuckt. Aber die anderen Männer haben gerufen: „O ja! Jetzt wird gelüftet! Jetzt wird's zünftig!"

Wenn die Anni weint, dann merkt man das fast nicht, es ist ganz anders als bei der Grete. Bei der Grete verfärbt sich sofort die Nase, und die Tränen rollen in Bahnen über die Wangen, wie Regentropfen, die über eine Steinmauer kullern. Wenn die Anni weint, zucken ihre Nasenflügel ein wenig und die Augen werden ganz hell. Nur an der Stimme merkt man es.
„Also, wo feiern wir morgen?"
Die beiden Freundinnen halten einander ganz fest, und die Grete fährt der Anni zärtlich durchs Haar.
„Was ist dann passiert?"
„Ich meine, wir könnten bei mir feiern", sagt die Anni, „ich lade ein paar Nachbarn ein. Und dann sehen wir weiter. Dann gehen wir in die Mirabellbar. Und um Mitternacht..."
„Was ist passiert?"
„Nichts."

„Also, dieser Herr hat uns zwei wertvolle Hinweise gegeben und denen wollen wir jetzt nachgehen!", hat der Uniformierte gesagt. „Würden Sie so freundlich sein, Ihre Bluse abzulegen?"
„Spinnst du?", hat die Anni geschrieen, aber der Mann hat nur gelacht. „Die Bluse bitte! Wir können das auch selber machen. Wie es beliebt?"
„Sie haben mich verprügelt", hat der Moser Gabriel gerufen, „verzeih mir bitte!"

165

Weil die Kammerlander Anni keine Anstalten gemacht hat, die Bluse auszuziehen, hat der Uniformierte, immer noch grinsend, einen Knopf nach dem anderen geöffnet, hat ihr ganz langsam, als wäre das eine Liebesszene, die Bluse über die Schultern gezogen. „Will sich die Dame den Büstenhalter selber abnehmen?"

Die Anni hat ihm ins Gesicht gestarrt. „Was soll das?"

„Ach, das ist was rein Anatomisches. Wir sind auf der Suche nach einem Muttermal auf dem linken Busen, knapp unter der Brustwarze. Und später dann, weil Sie ja behaupten können, ein Muttermal auf dem linken Busen hat bald eine, fahnden wir nach einem Leberfleck an einer anderen, ich möchte sagen: pikanten Stelle. Aber zuerst das Muttermal. Legen Sie selber ab oder soll ich wieder?"

Er hat schon nach dem Verschluss des Büstenhalters gegriffen, als der Dr. Wandruschek ohne anzuklopfen ins Dienstzimmer gekommen ist. Da haben die anderen die Hacken zusammengeschlagen.

„Was machen Sie da?"

„Wir überführen soeben eine Juden-Hure!"

Aber der Dr. Wandruschek hat den Uniformierten zur Seite gestoßen und gesagt. „Für das Fräulein lege ich meine Hand ins Feuer! Ich kenne die Familie, lupenreine arische Tradition! Und jetzt Schluss mit dem Unfug!"

Die Anni hat sich die Bluse angezogen und hat dabei immer noch dem Uniformierten ins Gesicht gestarrt, aber der hat sich weggedreht. „Der Mann hat uns noch ein paar Juden-Huren verraten. Die kommen als Nächste dran!"

Aber das hat den Dr. Wandruschek nicht interessiert. Er hat zur Anni gesagt: „Grüßen Sie Ihre liebe Familie recht herzlich. Heil Hitler!" Und dann hat er den Raum verlassen.

„Dabei kennt der meine Familie gar nicht!"

„Warum hat er das dann gemacht?"

„Ach, ich war einmal ein bisschen nett zu ihm, ich bin da ja nicht so zimperlich. Dabei hat er eine Frau, die sehr eifersüchtig ist. Wenn ich der was sagen würde …"

„Und der Gabriel?"

„Was glaubst du?"

„Ich weiß es nicht."

„Dachau!"

„Dachau?"

„Ich kann nichts dafür."

„Und wenn du dem Herrn Doktor sagst, dass du mit seiner Frau reden wirst?"

„Dann häng ich morgen an der Teppichstange! Gib her", sagt die Anni, weil ihr die Grete grad zeigen will, was sie schon alles eingekauft hat, für morgen. Steckt sich hastig eine Zigarette an, die nach dem ersten Zug explodiert.

Jetzt stinkt es im ganzen Stiegenhaus.

Berlin. Kaiser-Wilhelm-Gedächtniskirche. Wenn draußen die Sonne scheint, macht das herinnen die Glasfensterfarben stumpf. Der Sommer erschlägt die Romantik. Die Pfarrerin trägt schulterlanges braunes Haar, die Kerzen werden hier noch händisch entzündet. Orgelmusik, spielerisch, mittlere Lage, Bach wahrscheinlich. Eine Erwachsenentaufe!

„Heute ist Israelsonntag", sagt die Pfarrerin. Links und rechts vom Altar: je eine Sonnenblume. Die Pfarrerin hat eine sympathische Sprechstimme, singen sollte sie nicht, vor allem nicht die hohen Passagen.

„Jule Rosner", sagt sie, „ich will dich segnen und du sollst ein Segen sein!" Dann hört man Taufwasserplätschern und die Pfarrerin erzählt von Jakob, der mit Gott ringt. „Du sollst Israel heißen!" Dann kommt das Abendmahl und sie fragt beim Austeilen der Gaben: „Wein oder Saft?"

Bevor ich nach Berlin gefahren bin, hab ich einen Lokomotivführer, war erst 61, verabschiedet, als Trauerredner in der Feuerhalle. Sein Vater, auch ein Eisenbahner, ein „Politischer", ist nach Mauthausen gekommen, hat das KZ überlebt; der Sohn, „mein Trauerfall", ist, seit er bewusst denken konnte, jedes Jahr mindestens einmal nach Mauthausen gefahren, in die Gedenkstätte, und hat seine beiden Söhne, als die bewusst denken konnten, mitgenommen nach Mauthausen und hat nicht aufgehört, Bücher zu kaufen, Bücher zu lesen, sich im Fernsehen Dokumentationen anzuschauen und anderen Menschen von seinem Vater und von den Gräueln im KZ zu erzählen.

In der Zeitung, für die der Werner und drei Jahrzehnte später
dann ich gearbeitet haben, hat einer kurz vor meiner Zeit lustige
Gedichte geschrieben, nett gereimt, Alltagskleinigkeiten, zum
Schmunzeln; damals aber, zu seiner Zeit, zu Werner Schöners
Zeit, hat er ein Gedicht verfasst, das so beginnt: „Dachau ist
eine zünftige Gegend / und sehr gesund, appetitanregend. / Die
schöne Aussicht kommt denen zustatten / die früher mal keine
Einsicht hatten. / Dachau, das an der Amper gelegen / Unsern
Glückwunsch und unsern Segen."
Leonard Cohen, über den ich 1972 / 73 nicht schreiben sollte,
weil Cohen von Kohn kommt und weil das ein jüdischer
Name ... und weil in unserer Zeitung ... usw. hat zu meiner
Zeit gesungen: „For you / I will be a Dachau jew / and lie
down in lime / with twisted limbs / and bloated pain / no
mind can understand ..."

Das Gedicht habt ihr gekannt, oder?
Das Dachau-Gedicht hat jeder Arsch gekannt!

Der Werner hat sich nicht gemeldet. „Dann geht es
ihm gut", hat die Mutter gesagt und der Grete ein gutes
neues Jahr gewünscht. Und die Grete der Mutter.
„Vielleicht bringt uns das neue Jahr ein kleines Erden-
würmchen ..." Und dabei lächelt die Grete.
„Untersteh dich", ruft die Mutter. „Du bist noch viel
zu jung für ein Kind! Außerdem ..."
„Ich red ja nicht von mir!"
„Walther ist ein schöner Name. Oder? Der Franz
möchte ja einen Franz. Aber den krieg ich schon noch
herum."

„Ich werde erst morgen in der Früh heimkommen, Mutter, im neuen Jahr!"
„Lass dir ruhig Zeit!"

Kurz vor Mitternacht ist Grete Schöner drauf und dran, heimzugehen, sich in ihr Zimmer zu schleichen, ohne dass der Franz und die Mutter, die in der Küche oder im Schlafzimmer feiern werden, zu lauter Grammophonmusik tanzend, sich immer wieder küssend, sie bemerken werden. Sie wird auch kein Licht machen, keine Briefe schreiben, keine Briefe lesen. Sie wird im Finstern den weinroten Samtrock und die reizende Bluse gegen das Nachthemd tauschen, sich ins Bett legen und dieses langweilige Silvester zu vergessen versuchen.

Der Anni haben die Gäste abgesagt, in letzter Minute. Hat das irgendwer mitgekriegt, dass die Gestapo sie abgeholt hat, zum Verhör? Sicher! Die Kramer, die Blockwartin! Auf einmal haben alle schon was vorgehabt für Silvester, die Fröhlich Christa, die Lang-Schwestern und der Bruno, der sonst immer gleich da ist, wenn die Anni ihn einlädt. Alle haben abgesagt. Und zu zweit macht Silvester-Feiern auch keinen Spaß. Die Mutter und der Franz, aber das ist ganz etwas anderes. Der Franz muss ja auch übermorgen in den Krieg ziehen!
Die Anni hat die Flasche mit dem Champagner gegen die Wand geworfen, hat sofort, bevor die Grete noch was sagen konnte, die Scherben eingesammelt und

die Flecken weggewischt. „So, jetzt ist mir wohler!",
hat sie gesagt.

Dann haben die Anni und die Grete Annis Wohnung
verlassen und sind, obwohl es saukalt gewesen ist, zu
Fuß in die Stadt gegangen.

„Du glaubst, das hat mit dem Moser Gabriel zu tun?
Dass die alle nicht gekommen sind?"

„Mir egal!"

„Dass Menschen so gemein sein können! Dabei hast
du gar nichts gehabt mit ihm, oder?"

„Vergiss es, meine Süße", hat die Kammerlander
Anni gesagt und dabei gelächelt. „Jetzt schnappen wir
uns die schönsten Männer von Salzburg und tanzen,
bis man uns rausschmeißt!"

In der Mirabellbar ist kein Platz mehr frei. Das fängt
gut an! Der Kellner sagt: „Höchstens da drüben!"
Da drüben, das sind zwei Plätze am Katzentisch,
aber wenigstens gleich neben der Musikkapelle.
Kaum sitzen die beiden Freundinnen, kommen
auch schon zwei Männer und fordern sie zum Tanzen
auf. Die Anni erwischt einen feschen Soldaten, die
Grete einen uralten „Krauderer", mindestens vier-
zig vorbei. Ein Tanz genügt und die Grete setzt sich
wieder.

Die Anni tanzt, kommt kurz vorbei, um aus dem
Weinglas zu trinken, dreht sich im selben Atemzug
um und tanzt weiter. Und die Grete sitzt und ärgert
sich. Der „alte Mann" kommt um einen zweiten
Tanz, aber die Grete gibt vor, dass ihr nicht gut ist.

Die Anni tanzt an und tanzt weg. Die Grete fadisiert sich wie schon lang nicht mehr.

Ich geh heim, denkt sie, leg mich hin und warte auf das neue Jahr. An den Kroni denkt sie, an den Ferdl, den Hannes, den Herbert. Wie schrecklich es ist, so ganz allein auf der Welt zu sein, ausgerechnet zu Silvester kurz vor Mitternacht! Jetzt macht einer eine tiefe Verbeugung, der ganz nett ist, und die Grete tanzt wenigstens. Und er, sie fragt nicht einmal nach seinem Namen, kann auch ganz gut tanzen. Um Mitternacht ist die Anni irgendwo, und die Grete stößt mit einem Unbekannten auf ihr wunderbares neues Jahr an. Geküsst wird nicht, nicht einmal keusch. Erst als die Anni zum Tisch zurückkommt, aber da ist es schon fast halb eins.

Auf einmal taucht der Oberwallner Friedl auf mit seiner Freundesrunde, jetzt wird es richtig gemütlich. Ein Tanz nach dem anderen. Der Friedl hat einen Freund im Schlepptau. Der heißt Karl, und die Grete kennt ihn, aber nur flüchtig. Ein lustiges Haus, einer, der die langweiligsten Gesellschaften zum Lachen bringt.

Die Grete und der Karl verstehen sich gut in dieser Nacht. Er bringt sie, Kavalier, der er ist, im Morgengrauen nach Hause. Jetzt stehen sie eine Zeit lang vor der Haustüre, oben in der Wohnung brennt noch Licht; der Franz und die Mutter sind also auch noch wach. Es hat zu regnen begonnen, halb Regen, halb Schnee, und der Karl hält den Schirm schützend über die Grete und über sich. Gegen keusche Küsse ist nichts einzuwenden, am ersten Morgen eines neuen Jahres. Als oben in der Wohnung das Licht ausgeht, huscht die Grete ins Treppenhaus.

„Morgen zum Fünf-Uhr-Tee?", ruft der Karl ihr nach, aber sie ist schon bei der Wohnungstüre, schleicht in ihr Zimmer, tauscht im Finstern den weinroten Samtrock und die reizende Bluse gegen ihr Nachthemd, liest keine Briefe, schreibt keine Briefe mehr, zieht sich die Decke über die Ohren und denkt: Karl, Karl, Karl … bis sie einschläft.

Der 2. Franz schläft noch. Morgen muss er fort. Richtung Balkan, hat er gesagt, mehr nicht. „Wenn es einer schafft, dann der Franz", sagt die Mutter, weil die Grete wegen dem Franz weint. Noch nicht einmal Mittag! Der erste Tag des neuen Jahres. 1941. Sie haben sich grad ein Frühstück hergerichtet, als es von unten, von der Haustüre herauf läutet. Die Marie und die Grete erschrecken beide, weil sie keinen Besuch erwarten und weil so ein unerwartetes Läuten nichts Gutes bedeutet. Der Werner ist im Lager, und die Kammerlander Anni war im Morgengrauen so betrunken, dass die sicher noch schläft. Vom Fenster aus sieht man niemanden, sieht man nur, dass es schneit.

Die Mutter schlüpft in den Morgenmantel und läuft die Treppen hinunter, damit dieses Geläute ein Ende hat, bevor der Franz aufwacht.

Nach zehn Minuten kommt sie zurück.

Und?

„Karl heißt er und er hat behauptet, ihr seid verab-
redet!", sagt die Mutter. „Ich hab ihn heimgeschickt!"
„Das war er ... das ist er! Und du hast ihn ..."
„Um vier holt er dich ab. Das genügt für einen Fünf-
Uhr-Tee! Ein aufgeweckter Bursche", findet die
Marie.
Er ist der zärtlichste Mann, der mir je begegnet ist,
denkt die Grete und gibt der Mutter einen Kuss auf
die Wange. Er ist der Mann, von dem ich immer
geträumt habe. Es wird ein wunderschönes Jahr!
Mein Jahr, unser Jahr!

Karl, Karl, Karl, Karl, Karl, Karl, Karl ...

Der 1. Franz kommt zum ungünstigsten Zeitpunkt.
Der 2. Franz, der Ehemann von der Marie, hat, was
der 1. Franz nicht wissen kann, seine Sachen gepackt
und nimmt Abschied. Jetzt weint sogar die Marie.
„Komm gut nach Hause", sagt der 1. Franz, und der
2. Franz antwortet: „Da kannst du sicher sein!"
Der 1. Franz zieht sich zurück wie ein geprügelter
Hund. „Ich komm morgen wieder", sagt er zur Grete.

Hella Sachs liest den Brief immer wieder. „Geliebte
Hella". Das hat er noch nie gesagt. Und die Zeichnung ist großartig. Sie, Hella, kopfüber in der Kuppel
eines Circuszeltes. „Ich weiß jetzt, wie es geht!", hat er
geschrieben. Ein Kamerad kennt sich aus mit den
Magneten!"

Der Mutter hat er auch geschrieben, dass er sich bei der ersten Abfahrt bei einem Sturz den Knöchel verstaucht hat, halb so schlimm, einer aus der Gruppe habe sich den Arm gebrochen. Wahrscheinlich das Schiwachs, schreibt der Werner, und dass sie dem Franz sagen soll, dass das Wachs reinstes Teufelszeug sei. Der Franz aber sitzt schon im Zug an die Front.

„3. Jänner 1941. Karl war bei uns in der Wohnung. Er brachte nette Geschenke. Für Mutter eine goldumrahmte Puderdose und für mich einen schönen goldenen Ring, den er auch gravieren ließ, mit den Buchstaben: K. R. Seine Initialen! Karl Rieser. Dann fuhren wir mit dem Taxi in ein ‚Speisehaus‘, wie er ankündigte. In Wirklichkeit war das das Haus seiner Eltern und er stellte mich seiner Mutter und seinem Vater vor. Das Essen war schon fertig. Nach dem Essen bekam ich einen Kuss von seiner Mutter, die eine sehr nette Dame ist. Auch der Vater ist ein sehr angenehmer Herr. Der Karl gab mir Geld für das Taxi, und so fuhr ich nach Hause, er hatte noch einige Erledigungen zu tätigen. Ich kam gerade heim, da stand vor unserer Haustüre der Scharfetter Ferdl und wollte mich ins Kino abholen. Ich verneinte und schickte ihn sofort wieder weg. Eine halbe Stunde später kam der Karl, in Uniform, mit Sack und Pack, da er ja leider wieder nach Frankreich fahren muss. Zuerst nach Saalfelden in die Kaserne, und dann von Saalfelden aus nach Frankreich. Die Mutter hatte nichts dagegen und so schliefen wir mit den Kleidern auf dem Diwan. Man musste anständig bleiben. Zwei Stunden schliefen wir; um 3 Uhr früh hieß es wieder aufstehen. Ich kochte dem Karl einen Tee, dann verabschiedeten wir uns herzlich und er ging zum Bahnhof. Nun ist er leider wieder fort. Am Nachmittag tauschte ich meine Ziehharmonika gegen eine wunderbare mit 80 Bässen um. Von jetzt an werde ich sehr, sehr brav sein."

Statt der Frau Ludwig ist die Rike Prasser mit ihren kleinen Kindern eingezogen. Die Marie kennt die Rike vom Turnverein. Ihr Mann ist auch Richtung Balkan unterwegs. „Sind schon Teufelskerle, unsere Männer!", sagt die Rike und die Marie nickt. Von der Ludwig hat man nichts mehr gehört, seit der Beerdigung der Lisa. Wann die ihr Hab und Gut weggebracht hat? Hat sich von niemandem verabschiedet, die Ludwig. Auch seltsam.

„5. Jänner 1941. Heute besuchte ich Karls Mutter, sie war aber leider nicht daheim. So fuhr ich wieder nachhause und übte auf meiner Ziehharmonika."

„6. Jänner 1941. Heute war nichts besonderes los. Ich ging schon um 5 Uhr vom Büro fort, um noch was einzukaufen. Als ich daheim ankam, lag im Briefkasten ein Expressbrief vom Karl, der sieben Seiten lang war. Heute schrieb ich noch lange und ging dann ins Bett."

Am Berliner Antikmarkt unter den S-Bahn-Bögen hab ich das Buch über die Olympischen Spiele 36 gesehen, vorgestern, für 22 Euro. Jetzt will ich es kaufen, aber da ist es schon weg. Kommt immer wieder eines rein, meint der Buchhändler. Ich bin ja nicht mehr so lang in Berlin.

„Ich rufe die Jugend der Welt". Die Olympiaglocke, Gewicht: 9,6 Tonnen, Stahl, rostig, das Hakenkreuz kaum kaschiert, dreieinhalb Meter hoch, auf flachen Betonblöcken ruhend.

Die beiden monströsen „Rosseführer", fast sieben Meter hoch, aus Gauinger Travertin, vor dem Marathontor. „Die stramme Haltung der Pferde bringt die Unterordnung unter ihren ‚Führer' zum Ausdruck ..."

Ein gigantisches Wolkenspiel, tiefschwarze Ballen, hinter denen plötzlich die Sonne hervorbricht, blauester Himmel, dann eine Sturmböe, ein paar Sekunden lang.

Die Steintafel mit den Namen der Sieger. „Owens" steht nur dreimal drauf, bei der 4x100-Meter-Staffel heißt es: USA. Ich hocke ganz oben, letzte Reihe auf der Südseitentribüne. Wenn man in den Himmel schaut, in die wuchtigen grauen, weißen, tiefschwarzen Wolkengebilde, glaubt man, das bis auf wenige Besucher und ein paar Arbeiter leere Stadion schwebe wie ein riesiger Zeppelin lautlos davon, nur vom Aufheulen des Sturmes begleitet. Die Wolken stehen starr, das Olympiastadion bewegt sich.

Da unten, nicht auf dieser blau gefärbten Laufbahn, auf der alten Aschenbahn ist Jesse Owens gerannt. Die Wolken drängen gegeneinander, das Stadion schwebt und schwebt. Wo hatte Hitler seinen Sitzplatz? Oder ist er immer gestanden, mit ausgestrecktem Arm? Wo hat der Führer gepisst? Wo hat er sich in den Arsch gebissen, viermal, wegen dem schwarzen Sieger Jesse Owens, der den blonden Herrenmenschen die Schau gestohlen hat? Wieso hat Werner Schöner Jesse Owens gezeichnet, damals, und die exotische Akrobatin Felsina? Und den Führer, dem er dann den Schnurrbart wegradiert hat?

Wenn die Grete wüsste, dass der Bruder in 15 Monaten verschwinden wird, irgendwo in Russland, in der Nähe von Odessa, für immer verschwinden, nicht mehr gefunden wird, nicht tot, nicht lebendig, würde sie ihn im Keller verstecken, wenn er vom Winterlager zurückkommt? Würde sie ihn beknien, dass er das rückgängig macht, die Freiwilligen-Meldung, weil er doch noch viel zu jung ist?

In einem Brief aus Kreta wird er schreiben, dass er der Jüngste von allen ist, und dass sich sogar der Heeresarzt gewundert hat, weil er so jung und trotzdem schon so tüchtig ist. Würde die Mutter ihn händeringend bitten, nicht nach Kufstein zu den Gebirgsjägern einzurücken, wenn sie wüsste, dass er bald nach Griechenland an die Front geschickt wird, nur zweimal zurück nach Salzburg kommen wird, bevor es, endgültig, ohne Rückkehr nach Russland geht?

Der Vater könnte ihm zeigen, wie man all dem entkommt, der ist ja all dem entkommen, wegen seiner Schwermut. Der Werner ist keiner, der auf Befehl heult. Auch wenn er damit sein Leben retten könnte.

Zum Friedhof Heerstraße, aber da biegt der Sturm die stärksten Äste an den Bäumen der Trakehner Allee bis zum Boden, und ich kenne nicht einmal den Weg vom Stadion zum Friedhof. Kann nicht weit sein, wenn man die Richtung weiß. Den Plan hat mir der Wind zerfetzt. Die ersten dicken Tropfen, zum

Aushalten. Aber jetzt muss man sich entscheiden: weiter oder zurück zur U-Bahn. Schwärzer war der Himmel noch nie. Umdrehen, bevor man auf dem Weg zu einem Grab von einem Baum erschlagen wird. Heerstraße ist nicht so wichtig, Prominentengräber abklappern ist nicht wichtig, Tilla Durieux, Curt Goetz nicht wichtig. George Grosz, Viktor de Kowa, Horst Buchholz, Arno Holz, Ringelnatz. Nicht wichtig.
Ich hätte mich nur nach einem Friedhof gesehnt.

Am 7. Jänner 1941 fährt der Zug mit den Soldaten von Saalfelden nach Salzburg. Noch eine Nacht, bevor es endgültig nach Frankreich geht. Die Grete will grad aus dem Haus gehen, um den Karl am Bahnhof abzuholen, aber da läutet es schon an der Haustüre. Der Zug ist früher als geplant abgefahren. Bis 1 Uhr erzählt der Karl vom Kasernenleben und von seinem Leben. Dann geht die Mutter ins Bett, und der Karl und die Grete legen sich auf den Diwan. Erzählen und erzählen und schlafen ein. Den Wecker haben sie auf $^{1}/_{2}6$ gestellt, aber um 5 Uhr sind sie von selber munter. Erzählen weiter, schwören sich ewige Treue.
Der Tag gehört noch ihnen. Sie fahren mit dem ersten Bus in die Stadt, gehen ins Café Tomaselli und frühstücken. Die Grete schwänzt den Dienst, zumindest den Vormittag, aber da macht sie sich keine Sekunde lang einen Gedanken. Jetzt fahren sie zu Karls Mutter, die eine riesige Freude hat, den Sohn vor seiner endgültigen Abfahrt noch einmal zu sehen. Der Karl zieht sich seinen schönsten Anzug an, und

dann fährt er mit der Grete per Taxi zurück in die Stadt, zum Photographen Knoll, wo er sich zunächst allein, dann gemeinsam mit der Grete ablichten lässt. Zu Mittag essen sie im Automatenbüffet, dann begleitet der Karl die Grete ins Büro. Nach der Arbeit holt er sie ab, jetzt hat er schon wieder seine Uniform an, und die Grete begleitet ihn an die Bahn. Sie verabschieden sich herzlich, jetzt hat auch der Karl Tränen in den Augen. Und die Grete läuft heim, weinend, legt sich sofort ins Bett und weint, bis sie eingeschlafen ist.

Der Hubert ist jetzt Leiter der Setzerei. Den Herrn Lutz haben sie von einem Tag auf den anderen rausgeschmissen. „Wer die Klappe so weit aufreißt …"
Der Herr Lutz hat bei Werners Mutter angerufen und den Werner grüßen lassen. „Is' 'n dufter Junge, der Werner! Den muss man hüten wie see'n Augapfel!"

Der Werner wird lediglich für drei Wochen an seinen Schreibtisch in der Setzerei vom „Volksblatt" zurückkehren. Dann erhält er die Einberufung und ein paar Tage später rückt er in der Gebirgsjäger-Kaserne in Kufstein ein.
Den Herrn Lutz lass ich einfach verschwinden, der kommt nicht mehr vor, obwohl der Schwager vom Hubert, der von der Gauleitung, verlässlich ein Verfahren gegen ihn eingeleitet hat und der Herr Lutz wegen Wehrzersetzung eingesperrt und dann nach Mauthausen deportiert wird. Wenn er Glück hat wie der Vater des Lokomotivführers, den ich in der Feuerhalle verabschiedet habe, kommt er davon und kann seinen Nachkommen erzählen,

welche Barbaren einmal am Werk waren, bei uns in Salzburg.
Aber ... was hat er auch nie sein Maul halten können! Man
kann sich doch seinen Teil denken, seine Arbeit machen und
warten, bis alles vorbei ist! Und nicht sein Leben riskieren.
Den Kremsmayer Robert lass ich auch nicht mehr auftauchen.
Der hat sich, nach seiner Flucht aus dem Polizeiarrest, durch-
schlagen können, zu Fuß und in den Frachtwaggons der
Reisezüge, bis nach Hamburg und von dort aus per Schiff, als
blinder Passagier, nach Amerika. Und wenn er auf der Über-
fahrt krepiert ist, ausgehungert von dem langen Versteckspiel?
Was hat er denn getan? Er hat einem Polizisten eine ins Gesicht
geknallt, aber das muss man doch verstehen, oder? Dann ist er,
clever wie er war, einfach ausgebüchst. Ist spurlos verschwunden.
Kein Wort über Robert Kremsmayer. Nütz deine Chance,
Scheißkerl. Der Werner hat nicht einmal eine Chance.

Der Herbert hat geschrieben, dass er die Grete noch
genauso lieb hat und um sie kämpfen wird. Was soll
ich jetzt wieder tun?, geht es der Grete durch den
Kopf, aber sie weiß ja ohnehin, dass sie dem Karl für
immer treu sein wird. Dann kommt der heiß ersehnte
Brief vom Karl, dass er nun endlich, hundemüde, in
Frankreich angekommen ist. Lieb von ihm, denkt die
Grete, dass er ihr trotzdem schreibt.

Jetzt ist sie oft bei der künftigen Schwiegermutter; die
Frau Rieser hat das selber gewünscht, dass die Grete
Schwiegermutter zu ihr sagt, obwohl sie mit dem
Karl ja erst seit zehn Tagen zusammen ist, wovon sie
sich grad einmal sechs Tage gesehen haben. Die

181

Schwiegermutter lässt das Mädchen bei sich und dem Schwiegervater übernachten, wärmt dem Mädchen die Tuchent und das Leintuch und bringt den Sonntagskuchen ans Bett. Die Grete schläft ins Karls Bett! Und am verregneten Nachmittag liegt sie, siebzehneinhalb Jahre jung, wie eine Prinzessin auf dem Diwan; man hört eine Hitlerrede oder das Wunschkonzert der Wehrmacht; dann wird getanzt, abwechselnd mit dem Schwiegervater und der Schwiegermutter, und vom Sohn, dem Liebsten geschwärmt in höchsten Tönen; dann wird Domino gespielt, oder das Mädchen packt die Harmonika aus und trägt die Lieder aus den Musikfilmen vor, die sie beim Herrn Silberschneider inzwischen gelernt hat.

Dass der Karl wirklich Dein Ehemann werden wird, weißt Du nicht, weiß niemand, hofft ihr vielleicht. Bei der ersten Gelegenheit, beim ersten Heimaturlaub wird geheiratet, Blitztrauung, Kriegsehe. Dass die Ehe den Krieg nicht lange überdauern wird, weiß auch keiner.

„30. 1. 1941. Heute sprach der Führer und wir hatten um $^1\!/_2$ 5h Gemeinschaftsempfang beim „Eder“. Als ich dann um 7h heimkam, lagen für mich 3 Pakete vom Karl am Tisch, aus Frankreich. Darin waren: 2 Schachteln Datteln, 6 Tafeln Schokolade, Keks und Orangen. Ich hatte eine sehr große Freude.“

Der letzte Text, den ich Werner Schöner in der Setzerei vom „Volksblatt“ tippen lasse. Hella hat ihn nicht auf sein Pult gelegt. Ist sie krank? Muss sie auf die Mutter aufpassen, dass sich die nichts antut?

„Mütter, Achtung!
Es muss unser Stolz sein, unsere Säuglinge mit gesunden, geraden Knochen aufwachsen zu lassen. Mütter, erscheint daher pünktlich zur vorgeschriebenen 2. Rachitis-Untersuchung, an dem jeder Mutter schriftlich vom staatlichen Gesundheitsamt mitgeteilten Tag und Ort."

Oskar Grundner, Maries Bruder, hält die Abschiedsrede im Extrastüberl im „Stern". Wie stolz alle sind auf den Werner, dass er seine Jugend, seine Kraft und sein Herzblut einsetzen wird für den Führer, das Vaterland, das deutsche Volk. Glänzende Augen. Dann wird mit Bier und Wein angestoßen. Die Mutter weint nicht. Die Mutter trägt ein Kind unter dem Herzen, aber das hat sie noch niemandem gesagt, und der Werner, ihr Werner wird dafür kämpfen, dass das Kind, der kleine Halbbruder, denn es muss einfach ein Bub werden, weil sich der Franz so sehr einen Buben wünscht, dass der kleine Walther in einer großen, herrlichen, friedlichen Zeit aufwachsen kann.
Dann spielt die Grete auf der Ziehharmonika auf allgemeinen Wunsch „Hoch auf dem gelben Wagen"; alle grölen mit: „aber der Wagen, der rollt", und lassen den Werner hochleben. Heil Hitler!

Hella Sachs ist nicht mitgekommen. Von der Hella hat sich der Werner am Nachmittag schon verabschiedet, aber ganz undramatisch, weil er sicher bald schon wieder Urlaub bekommt. Und bevor es endgültig an die Front geht, wird er noch genügend Zeit in Salzburg verbringen. Mit ihr. Sie müssen ja endlich einmal die Circusnummer ausprobieren. Der Kamerad, dessen Vater eine kleine Schmiede besitzt, wird ihm demnächst Schuhe mit starken Magneten auf den Sohlen verkaufen. Dann kann sie nichts mehr aufhalten. Sobald der Krieg vorbei ist…

Die nächste Runde zahlt der Onkel Oskar. Die Grete spielt alles, was sie schon gelernt hat. Bei „Du schwarzer Zigeuner" kommen ihr die Tränen, während sie spielt. Gott sei Dank kann sie das Lied auswendig. Die Kellnerin weint auch, aber keiner weiß warum.

Gottverdammte Scheiße, wenn man so viel weiß und nicht eingreifen kann. Nicht Halt! schreien kann. Aufhören! Oder schon schreien, aber das kommt um Lichtjahre zu spät. Davon wird keiner lebendig. Die Magnetschuhe hab ich nicht gefunden, aber es muss sie gegeben haben; die Zeichnung gibt es jedenfalls. Ob der Werner und die Hella wirklich eine Nummer einstudiert haben, weiß ich nicht. Keine Aufzeichnungen. Steht nichts im Tagebuch meiner Mutter, nichts in einem Brief ihres Bruders. Die Hella lass ich auch verschwinden.

Zum dritten Mal im Käthe-Kollwitz-Museum, gleich neben dem Literaturhaus, in dem ich mein kleines Zimmer habe und über die Welt schreiben könnte, über dieses große, heiße Berlin schreiben müsste. Oder im Literaturhaus-Café sitzen und schreiben oder lesen, Zeitgenössisches, die Zeitungen wenigstens. Glückspilz du! Tauch ein, lass Dir die Großstadt um die Ohren wehen. Vielleicht wird eine Liebesgeschichte daraus!

„Tod mit Frau im Schoß", 1921, Kohle auf Ingres-Bütten.

„Tod mit Frau im Arm", 1921/22, Kohle auf bräunlich-grauem Papier.

„Der Tod tröstet", um 1921–23 (23 ist Mutter geboren!), Kohle auf grau-grünlichen Ingres-Bütten.

„Der Tod greift nach Kindern", 1921/22.

„Tod, Frau und Kind", 1910, schwarze Kreide, gewischt.

„Der Tod greift in eine Kinderschar", 1923.

„Abschied und Tod", 1923, Kreidelitho.

„Tod und Jüngling, aufschwebend", 1922/23, schwarze Kreide.

„Tod hält Mädchen im Schoß".

„Tod mit Frau im Schoß", 1920/21, Holzschnitt.

„Tod, Frau und Kind", 1910, Radierung.

„Frau vertraut sich dem Tod an".

„Tod wird als Freund erkannt".

„Konrad ruft den Tod".

„Kindersterben", 1924/25 (24 ist Werner geboren!).

„Kopfstudien für den toten Jungen".

„Gefallen".

„12. März 1941. Mutter ist schwanger, im dritten Monat. Diesmal gibt es keinen Zweifel! Wird der Franz sich freuen!"

Am 18. September ist der Geburtstermin. Die Hebamme wird
Braun heißen, Frau Braun, die auch schon die Grete und den
Werner in das Leben geholt hat. Begräbnis 16 Monate nach der
Geburt, am 7. Januar 1943 am Salzburger Kommunalfriedhof.

Zwei Tage nach der Ankunft in der Kaserne in Kuf-
stein hat Werner Schöner schon die Uniform gefasst
und auch den Stahlhelm und die Gasmaske; die
Gewehre bekommen sie später, auch die Ausgeh-
uniform kommt erst später dran. Jetzt lernt er
Antreten und Grüßen; es gibt Filmvorträge über den
Gebrauch der Gasmaske und das Hantieren mit dem
Gewehr. Griffeklopfen kommt noch!

Am Samstag müssen sie die Stube scheuern. Sie sind
14 Mann in einem Zimmer, fast lauter 19er-, 20er-,
21er- und 22er-Jahrgänge und ein 15er-Jahrgang.
Werner ist der Jüngste, er ist ein 24er.
Vom Krieg weiß er schon etwas, vom „Helden von
Narvik" zum Beispiel. „Der General Dietl hat einmal
gesagt: ‚Narvik ist das A…loch von Norwegen'",
schreibt er der Mutter. „Wir behaupten dasselbe von
Kufstein!"

Am 14. April 1941 schreibt er der Mutter: „… Und
nun möchte ich Dich gleich zu Anfang bitten, wenn
Du mir ein Paket schickst, dann bitte etwas, was man
auf das Brot geben kann oder zum Dazuessen oder
Torte, Kuchen oder Punschkrapferl (20 Stück!), auf
jeden Fall etwas Süßes oder Wurstiges!"

Und dem „Schwesterl", der Grete, schreibt er im selben Brief: „… bekommst Du viel Post von Deinen hm, hm …. Du weißt schon? Nun soll ich Dir noch viele Grüße von zwei mir bekannten, Dir aber unbekannten Soldaten schicken, die gerne Antwort erhalten wollen. Schreib halt etwas!!! Ich schick Dir auch noch einen Extra-Gurt Dauerfeuerküsse! Dein Bruder Werner."

„20. April 1941. Um $^1/_2$9 Uhr stand ich auf, da ich um $^1/_2$10 Uhr vom BDM aus in der Gaswerkgasse sein musste. Endlich war ich fertig und in der Uniform und ging dorthin. Wir marschierten dann zum Kapitelplatz, und wir 17-jährigen Mädchen wurden zu „Glaube und Schönheit" überstellt."

„Deutsche Jungen und Mädels!", brüllt da ein Kreisleiter Burggaßner über den Kapitelplatz, „in dieser Stunde begrüßt und beglückwünscht die ganze Jugend Großdeutschlands dessen Führer. Auch ihr seid angetreten, vereint in dem Gedenken der Liebe, der Verehrung und der Dankbarkeit für den Führer". „Und die Festung", schreibt einer im „Volksblatt", aber Werner Schöner kann das nicht in die Setzmaschine getippt haben, weil er sich in der Kaserne in Kufstein befindet, kurz vor seinem Aufbruch an die Front nach Griechenland, „grüßt mit den wehenden Flaggen der unübertroffenen deutschen Wehrmacht herab auf den Platz, den die Fahnen der Bewegung und eine dichte Volksmenge, zumeist Eltern der Jungen und Mädel, umsäumen."

Die Grete steht wenigstens neben der Kammerlander Anni und denkt an den Karl, von dem sie so lange keinen Brief mehr bekommen hat. Aber bei den Schwiegereltern ist sie mindestens zweimal die Woche. Die haben sie fest in ihr Herz geschlossen.

„‚Stillgestanden!‘ hallt es über den Platz, ein Ruck geht durch die Jungen und Mädel, stramm stehen sie alle und hören den Tagesbefehl des Reichsjugendführers und den Gruß der Mädel-Untergauführerin. Und dann sprechen sie hell und klar und fest das Gelöbnis der ewigen Treue zum Führer … und ergriffen hören alle Erwachsenen ringsum das heilige Versprechen, dem ein Spruch zur Standarte und das Lied ‚Heilig Vaterland‘ folgen …“

„… als es dann endlich aus war, traf ich die Loisi, Sepps Schwester, und ging mit ihr und ihrer Freundin heim. Nach dem Essen fuhr ich mit Mutter mit dem Rad ins Maxglaner Kino um Eintrittskarten, daheim spielte ich mit der Ziehharmonika und ging noch mit der Anni spazieren; dann sahen Mutter und ich uns den Film ‚Der Herr im Haus‘ an. Es war eigentlich ein rechter Unsinn. Aber dafür zum Lachen. Das war der heutige Sonntag.“

Silberschneider.
Der Name des Ziehharmonikalehrers. Kommt noch ein paar Mal vor in Deinem Tagebuch. Einmal muss eine Unterrichtsstunde verschoben werden, einmal triffst du den Herrn

Silberschneider, ohne dass er abgesagt hätte, nicht in seiner Wohnung an.

Dann keine Einträge mehr. Vertreibung? Transport im Viehwaggon? Auschwitz, wie Fritz Löhner-Beda, der mit richtigem Namen Friedrich Löwy geheißen und den Text zu „Du schwarzer Zigeuner" geschrieben hat, das Du auch zu meiner Zeit noch manchmal auf dem Akkordeon gespielt hast? Dein Silberschneider, in Auschwitz ermordet wie Friedrich Löwy?

Fritz Löhner-Beda hat das Lied übers das KZ Buchenwald geschrieben, aber totgeschlagen wurde er in Auschwitz.
O Buchenwald, ich kann dich nicht vergessen,
weil du mein Schicksal bist.
Wer dich verließ, der kann es erst ermessen,
wie wundervoll die Freiheit ist!
O Buchenwald, wir jammern nicht und klagen,
und was auch unser Schicksal sei,
wir wollen trotzdem Ja zum Leben sagen,
denn einmal kommt der Tag, dann sind wir frei!

Draußen scheint die Sonne, aber ich hocke in einer Internet-Imbissstube, in der es nach Currywurst riecht, irgendwo an der Schönhauser Allee. Das Tischchen, hinten bei der Klotür, ist so klein, dass grad die Tastatur Platz hat. Ich hab den Namen Silberschneider ins aktuelle Telefonnummern-Suchprogramm eingetippt. 90 Einträge in Österreich, allein 71 in der Steiermark, 7 in Niederösterreich, 6 in Wien, 2 im Burgenland, einer in Kärnten, einer in Oberösterreich, zwei in Salzburg-Flachgau. Hier in Berlin weiß ich das nicht; in Berlin wär mir der Ziehharmonikalehrer fast nach Auschwitz, in die Vernichtung depor-

tiert worden. Aber später, daheim in Salzburg, werde ich auf Anfrage einen Hinweis aus dem Haus der Stadtgeschichte bekommen. Hinweis auf einen Musiker Bernhard Silberschneider, Kapellmeister in Ruhe, der „am Montag, 25. September 1950, nach langem, mit größter Geduld ertragenen Leiden und Empfang der hl. Sterbesakramente im 73. Lebensjahr im Herrn in Salzburg entschlafen ist." Der Trauerbericht stammt aus dem „Volksblatt". Der wär 63 gewesen, als er Dich unterrichtet hat. Der war 63, als er Dich unterrichtet hat.

„27. April 1941. Um 4 Uhr stand ich auf und um $^3/_4$5 gingen wir, Mutter und ich, zum Bahnhof. Um $^1/_2$6 Uhr früh fuhren wir dann weg und zwar über Rosenheim nach Kufstein. In Rosenheim hatten wir eine Stunde Aufenthalt, wo wir, übrigens war es ziemlich kalt, im Bahnhofsrestaurant einen Glühwein tranken und Mitgebrachtes dazu aßen. Dann ging es weiter nach Kufstein. Dort war zu unserer Enttäuschung kein Werner am Bahnhof. So gingen wir einfach los und als wir zur Brücke kamen, kam uns Werner entgegen. Wir gingen dann ins Gasthaus ‚Auracherlöchel', wo wir Hunger und Durst stillten. Dann spazierten wir nach Kiefersfelden und kehrten in einem netten Gasthaus ein. Nachdem Werner unsere mitgebrachten Sachen in seiner Kaserne verstaut hatte, begleitete er uns zum Bahnhof, und wir fuhren mit dem Zug um 5 Uhr heim."

Nach 9 Uhr kommen sie erst zurück in die Wohnung in Lehen, weil sie am Salzburger Bahnhof eine halbe Stunde warten mussten. Der Zug des Führers stand

nämlich auf dem Hauptgleis. Kurz vor seiner Weiter-
fahrt nach München oder Linz. Hunderte Menschen
auf dem Bahnsteig. Die Grete und die Mutter haben
den Hitler auch „ein bisschen gesehen".

Daheim bricht all die Traurigkeit in Grete Schöner
auf, sie kann sich nicht mehr halten und muss furchtbar weinen, weil ihr der Bruder so erbarmt, weil der
Bruder so traurig dreingeschaut hat, weil ihr der
Bruder, der Werner, in Kufstein so verloren vorgekommen ist, obwohl er selber mehrmals betont hat,
dass er sich wohl fühle unter seinen Kameraden und
dass es ihm gut gehe. Und auf den Circus hat er sich
gefreut: „Circus Rebernigg, das bekannte ostmärki-
sche Unternehmen, demnächst in Kufstein!", stand
auf einem Plakat.

Im Briefkasten liegt Post. Ein Brief vom Karl! Die
Nacht ist gerettet, die Traurigkeit verflogen. Aber die
Schrift im Brief ist so anders als im letzten, weil den
Brief nämlich wer anderer geschrieben hat, für den
Karl. Dem Karl musste der Daumen operiert werden.
Und jetzt weint die Grete schon wieder los, weil ihr
der Karl so erbarmt.

Wißt ihr was die Liebe ist? Ein kurzer Traum im Mai.
Wenn Dein Mund sich satt geküßt,
ist der Traum vorbei.
Nichts als die Erinnerung bleibt Dir allein zurück.
Und du kannst nur träumen von vergang'nem Glück.

Du schwarzer Zigeuner, komm spiel' mir was vor.
Denn ich will vergessen heut', was ich verlor.
Du schwarzer Zigeuner, Du kennst meinen Schmerz.
Und wenn Deine Geige weint, weint auch mein Herz.

Der Mutter schreibt der Werner aus der Kaserne in Kufstein: „Du hast voriges Mal geschrieben, dass Dir um mich bange ist. Mir wird schon nichts geschehen, da kannst Du fest damit rechnen. Und wenn, dann habe ich Pech gehabt. Aber vorläufig besteht noch keine Aussicht, in das Gras zu beißen oder frühzeitig in den Himmel zu kommen. Es kann mich nach Norwegen oder Russland, aber auch nach Afrika führen, aber wir wissen nichts."

Wir wissen alles. Griechenland und dann Russland. Fallschirm-jäger ist er gewesen, über Kreta abgesprungen. Einen lebendigen Esel wollte er mit nach Salzburg bringen, weil die Esel in Grie-chenland so billig sind. Hätte nur fünf Reichsmark gekostet. Wozu ein Esel? Wozu, Schwesterl?! Für die Zirkusnummer natürlich!

„4. Mai 1941. Um 9 Uhr brachte mir Karls Mutter das Frühstück zum Bett. Nachdem ich aufgestanden war, unterhielt ich mich mit der kleinen Katze und dem jungen Lämmlein; nach dem Essen kam Mama. Wir wurden prima bewirtet, bekamen Torte und Wein, kurz: es war recht nett. Ich lag die meiste Zeit auf dem Diwan, und wir hörten uns auch die Füh-rerrede an. Nachher fuhren Mama und ich mit dem Fahrrad heim."

„25. Mai 1941. Mit Mutter und den Schwiegereltern beim Kreuzerwirt. Dort war es recht nett, vor allem, als drei Musiker an unseren Tisch kamen – Gitarre, Harmonika und Violine! Mir spielten sie ganz allein das süße Liedchen ‚Hörst du mein heimliches Rufen?'. Es war unbeschreiblich schön und ich dachte nur an meinen lieben Karl. Mutter freut sich sehr auf ihr Kind, in vier Monaten wird es soweit sein."

Im September 1941 wird ein Kind geboren, ein Sonnenschein-kind, aber 16 Monate später wird es begraben. Und der Franz hat es nicht einmal gesehen. Nur ein Photo kann die Marie ihm schicken.

Grete Schöner schreibt Briefe und erhält Briefe. Vom Herbert, vom Ferdl, der im Feld ununterbrochen an sie denkt. Hilft der Mutter beim Großziehen des Bübchens und schläft fast jede Nacht in Karls Bett im Haus der Schwiegereltern.

Am 23. Jänner 1942 schreibt Werner Schöner aus einer Kaserne in Königsee bei Berchtesgaden, der Zwischenstation zwischen den beiden Fronteinsätzen: „Liebe Mutter, ich muß heute leider mit Bleistift schreiben, weil die Tinte ausgegangen ist. Also ich bin gut angekommen, und mir geht's gut. Heute Abend haben wir Weihnachtsfeier (verspätet halt). Wir haben jeder 1 Fl. Wein, Kekse, 3 Schachteln Zigaretten, 1 Tafel Schokolade, 5 Packerl Zuckerl, 4 Biermarken und ‚Mein Kampf', die Feldausgabe, bekommen.

Wenn's geht, schicke mir bitte was zum Aufstreichen aufs Brot oder zum Dazuessen. Es muss nicht sehr gut sein, nur viel. Leider dürfen wir jetzt nicht mehr mit der Bahn fahren, sonst wäre ich diesen Sonntag gekommen."

Bald danach wird mobil gemacht und seine Wege führen nach Russland, von Odessa ist die Rede. Seit 31. März 1942 gilt er als vermisst.

„Liebe Frau Kubelka, nun muss ich Sie heute nochmals mit einer Bitte belästigen. Das Oberkommando der Wehrmacht – Wehrmachtsauskunftsstelle – benötigt für die von dort zu veranlassenden Nachforschungen einige Angaben, die wohl am besten nur von Ihnen selbst gemacht werden können. Ich darf Sie daher bitten, mir nachstehend aufgeführte Fragepunkte zu beantworten.

Genaue Größe: …
Gestalt: …
Farbe und Wuchs des Kopfhaares: …
Zähne (Zahnlücken, Zahnersatz, Goldzähne): …
Besondere Kennzeichen an Knochen, natürliche oder durch Operation oder Unfälle usw. eingetretene Knochen- und Wirbelverbildungen oder Verkrümmungen (auch an Fingern und Zehen): …
Muttermale, Narben, Tätowierungen: …
Beschreibung und Kennzeichnung der Uhr, des Geldbeutels, des Taschenmessers, eines Zigarettenetuis, einer Brieftasche und deren vermutlicher Inhalt: …

194

In Ihrem herben Schmerz um Werner grüße ich Sie, zugleich im Namen meiner Kameraden in aufrichtigem Mitgefühl. Heil Hitler! ..."

Ein halbes Jahr vor seinem Tod, vermeintlichen Tod, nein: er ist ja vermisst, ist ja bloß vermisst, ein halbes Jahr vor seinem Verschwinden hat Werner Schöner seiner Mutter aus Griechenland geschrieben: „Es freut mich immer mehr, dass ich mich freiwillig gemeldet habe." Und dem Schwesterlein: „Sei froh, dass Du in Deutschland zu Hause bist und nicht hier, hier gibt es nämlich nicht einmal Tanzgelegenheiten, wie das bei uns im kleinsten Dorf der Fall ist."

Und einmal: „Liebe Mutter ... dass der Sepp gefallen ist, ist sehr traurig, aber am Ende ist doch kein Opfer zu groß, um dem Vaterland dienen zu können; er hat seine äußerste Pflicht erfüllt und wir müssen ihm immer dankbar sein ... mein Schwesterlein wird jetzt schon sehr gut auf der Harmonika spielen. Sie hat ja früher auch nicht schlecht gespielt, ich hab nur immer was gebraucht, um sie zu hänseln, sag ihr, sie soll mir nicht böse sein ... vorgestern hatten wir Kino – ‚Opernball' mit Hans Moser und Theo Lingen, es hat mir ausgezeichnet gefallen ... soeben fällt mir mein Fahrrad ein! Tu es bitte einwintern, aber vorher zum Mechaniker geben und frisch ölen lassen; frage bitte genau, welches Öl für das Getriebe am besten ist! ... für mein Schwesterlein gäbe es hier viele Männer; die sind alle kohlrabenschwarz. Die Griechinnen sind eigentlich sehr schön, solange sie jung sind... Das nächste Mal bring ich Zigaretten mit, 1000 Stück für den Franz und den Oskar. Liebe Mutter, schicke mir bitte eine Mundharmonika, dass man ein wenig lärmen kann..."

Und dann kommt, ein Jahr später, noch ein Brief an die Marie Kubelka, den Franz betreffend:
„Genaue Größe: ...
Gestalt: ...
Farbe und Wuchs des Kopfhaares: ...
Zähne (Zahnlücken, Zahnersatz, Goldzähne): ...
Besondere Kennzeichen an Knochen, natürliche oder durch Operation oder Unfälle usw. eingetretene Knochen- und Wirbelverbildungen oder Verkrümmungen (auch an Fingern und Zehen): ...
Muttermale, Narben, Tätowierungen: ...
Beschreibung und Kennzeichnung der Uhr, des Geldbeutels, des Taschenmessers, eines Zigaretten-etuis, einer Brieftasche und deren vermutlicher Inhalt: ..."

Einmal, da bin ich grad beim Bundsheer, taucht der 1. Franz, der Vater der Mutter, bei uns auf. War lange verschollen, ein zweites Mal verheiratet, hat in der Nähe gewohnt und war trotzdem verschollen. Erzählt vom Krieg, wie er sich „durchge-wurschtelt" hat, lächelt dabei und erst als vom Werner, seinem und Maries Sohn, die Rede ist, beginnt er leise zu weinen. Die Mutter weint auch, weil ihr der Vater erbarmt, dass der in sei-

nem Alter immer noch so weinen muss. Die Marie geht in die Küche und bereitet eine Brotzeit vor. Der 1. Franz kommt noch zwei-, dreimal auf Besuch; einmal spiel ich ihm auf Mutters Akkordeon was vor. Ich glaube: das „Schiwago-Thema". Die Mutter spielt besser, aber sie traut sich nicht, wegen der Nachbarn, es ist ja schon spät. Einmal schaut mich der 1. Franz, der Großvater, sehr lange, zärtlich fast an und meint: wie der Werner! Dann taucht er wieder unter.

Bei seiner Beerdigung, ein paar Jahre später, erfahren wir von Menschen, die wir nicht kennen, dass ihn, den Franz Schöner, nach einem Besuch beim Welser Volksfest, er soll leidenschaftlich gern auf Volksfeste und in Zirkusse gegangen sein, der Schlag getroffen hat.

Die Marie, Marie Kubelka, hat bis zu ihrem Tod, 35 Jahre nach Ende des Zweiten Weltkrieges, mit nur in kleinen Schritten abnehmender Zuversicht, auf den Werner und auf den 2. Franz gewartet.

Berlin, am Trödel beim Tiergarten, letzter Tag. Dutzende Tische mit tausenden alten Büchern.
„Das Olympia-Buch 36?"
„Keene Ahnung. Da müssen Sie sich schon durchfragen. Ick hab es nich'!"
„Kaufen Sie auch Tagebücher an?"
„Klar doch. Je oller, je doller! Wat soll det kosten?"
„8'40!"
„8'40?"

„*Ein Berliner Kindl und ein Boulettenteller bei Julchen Hoppe im Nikolaiviertel.*"

„*5'40! Ohne Berliner Kindl.*"

„*Oder nein ... 1 Million!*"

„*Meschugge?*"